CIÊNCIA. RUIM.

JONATHAN HICKMAN
ROTEIRO

NICK PITARRA
ARTE

JORDIE BELLAIRE
CORES

COM

RYAN BROWNE
ARTISTA (CAPÍTULO 15)

devir.com.br

EDITORIAL
Diretor Editorial Rui Santos
Coordenador Editorial Brasil Paulo Roberto Silva Jr.
Coordenadora Editorial Portugal Ana Lopes
Editor Leandro Luigi Del Manto
Tradutor Marquito Maia
Revisor de Prova Renata Leitão
Letras Carlos Gaspar
ISBN 978-85-7532-645-9
Impressão Edelvives
Publicado por Devir Livraria Ltda.

ATENDIMENTO
Assessoria de Imprensa Maria Luzia Kemen Candalaft: luzia@devir.com.br
SAC sac@devir.com.br
Eventos Marcelo Meletti: eventos@devir.com.br

Dados Internacionais de Catalogação na Publicação (CIP)
(Câmara Brasileira do Livro, SP, Brasil)
Hickman, Jonathan; Projeto Manhattan 3
Jonathan Hickman, roteiro; Nick Pitarra, arte;
[tradução Marquito Maia]. – São Paulo: Devir, 2016.
Título original: Manhattan Projects 3

1. Histórias em quadrinhos I. Pitarra, Nick.
II. Título.

16-07692
CDD-741.5

Índices para catálogo sistemático:
1. Histórias em quadrinhos 741.5

BRASIL
Rua Teodureto Souto, 624 - Cambuci
cep 01539-000 – São Paulo – SP – Brasil
Telefone (55) 11 212 787 87
Site www.devir.com.br

PORTUGAL
Polo Industrial Brejos de Carreteiros
Armazém 4, Escritório 2 – Olhos de Água
2950-554 – Palmela – Portugal
Telefone (351) 212 139 440
E-mail editora.pt@devir.com
Site www.devir.pt

IMAGE COMICS, INC.

Chief Operating Officer Robert Kirkman
Chief Financial Officer Erik Larsen
President Todd McFarlane
Chief Executive Officer Marc Silvestri
Vice-President Jim Valentino

PM

PROJETO MANHATTAN

3

É UMA CONSTANTE
UNIVERSAL

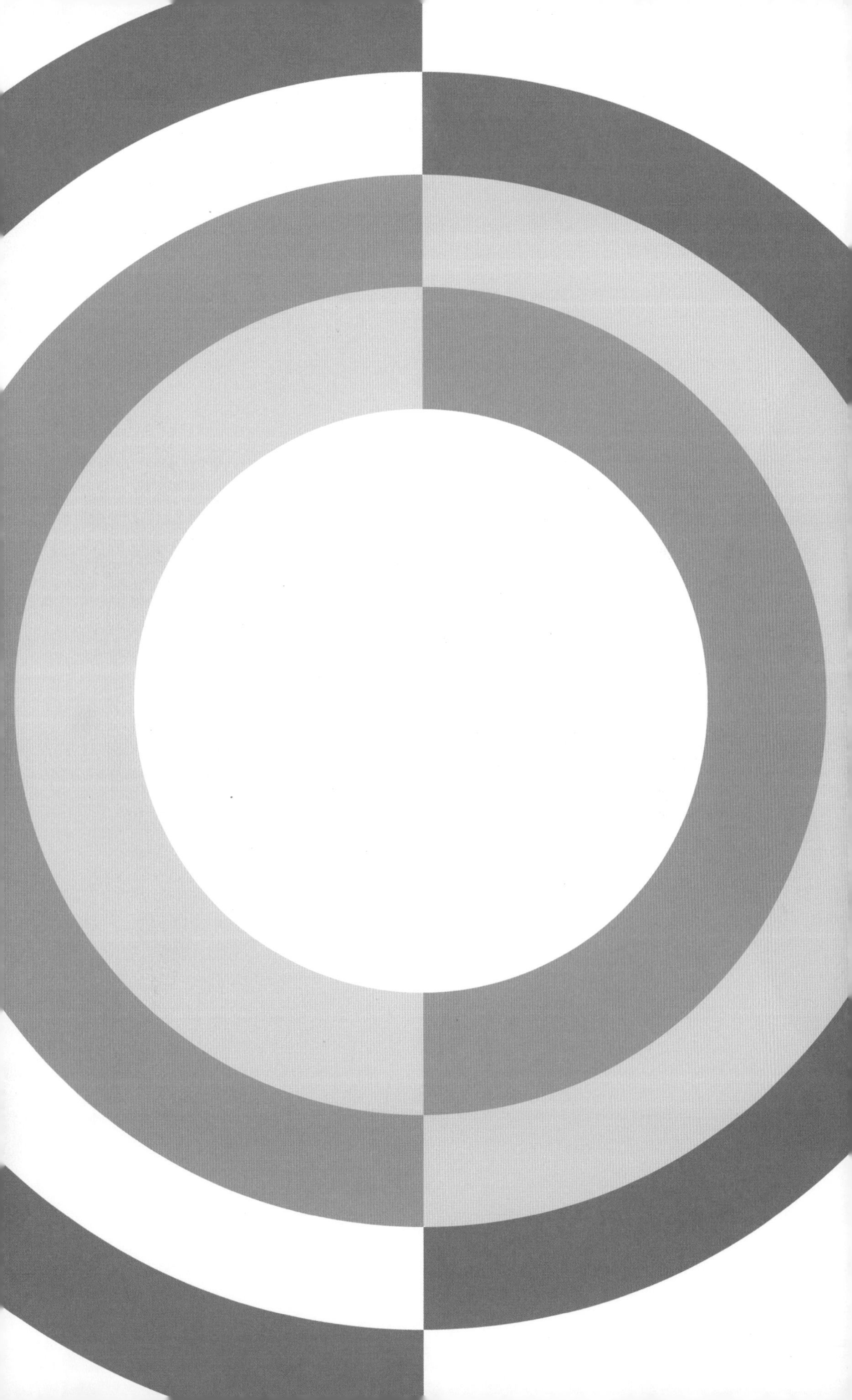

Agora.
Sinto falta de comida.

Hmpft! Isto não é comida, Harry, é quase intragável.
Veja a quantidade que preciso ingerir pra atender às necessidades nutricionais diárias mínimas deste corpo.
É muito fácil falar, Doutor Fermi. Não é você que vai pra cama faminto, todas as noites, há mais de uma década.
É um caso triste, mas você está se esquecendo do ponto principal, meu amigo.
Nossa meta... *a meta...* deve ser eficiência, não abundância.
Olhe em volta...

Sim, depois de consolidar nossa base de poder, e firmar uma aliança secreta de longo prazo com os inimigos russos do nosso governo na Cidade das Estrelas, o Projeto Manhattan nitidamente... *cresceu.*
E embora crescimento seja um resultado natural do sucesso... esta descaracterizada e homogeneizada monstruosidade tornou-se um mastodonte devorador de conceitos medíocres.
Pssh. Claro, pode não ser verdade um dia, mas, por ora, a indústria ainda reina...
Operários trabalham, e as ideias geniais de mentes geniais, ***como as nossas***, continuam a surgir.
Além disso, você já sabe o que discutiremos mais tarde hoje. Poder-se-ia dizer que estamos em vias de institucionalizar a ciência agressiva.
E não é por nada, mas seu ponto principal...
Sim?
É o ponto principal de um tapado, meu amigo.
Eu só queria um pouco de sorvete.

11

CONSTRUÇÃO

Todos amavam Harry Daghlian.
Eles amavam sua mente.
Amavam sua dedicação.
Amavam sua coragem.
Amor é uma constante universal.
Ele junta coisas que deveriam se separar.
Ele fortalece pessoas fracas. Faz pessoas boas quererem ser melhores.
Eu estou com o plutônio, Doutor Daghlian.
Ótimo. Traga-o aqui, bem devagar.

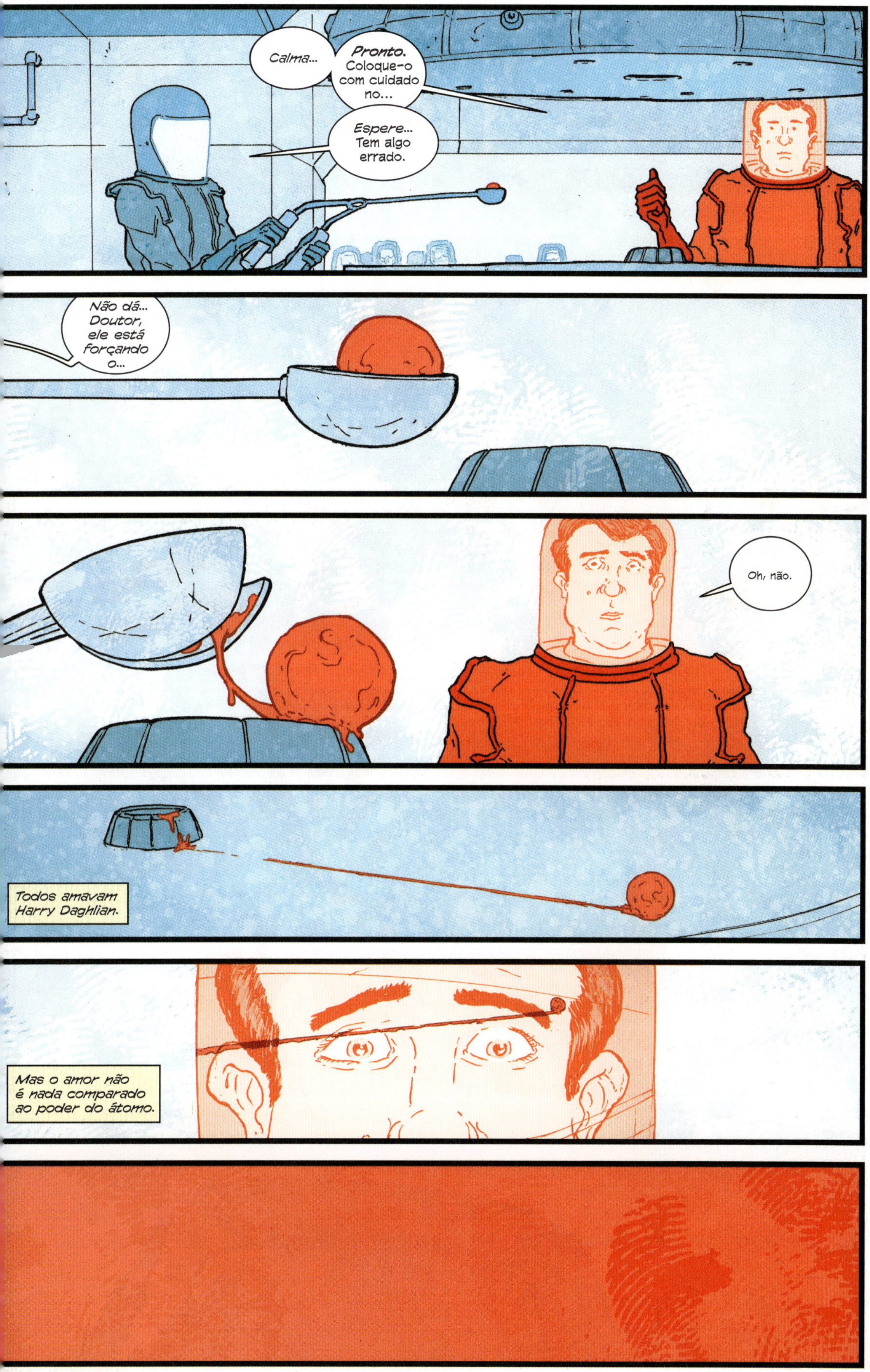
Calma...
Pronto. Coloque-o com cuidado no...
Espere... Tem algo errado.
Não dá... Doutor, ele está forçando o...
Oh, não.
Todos amavam Harry Daghlian.
Mas o amor não é nada comparado ao poder do átomo.

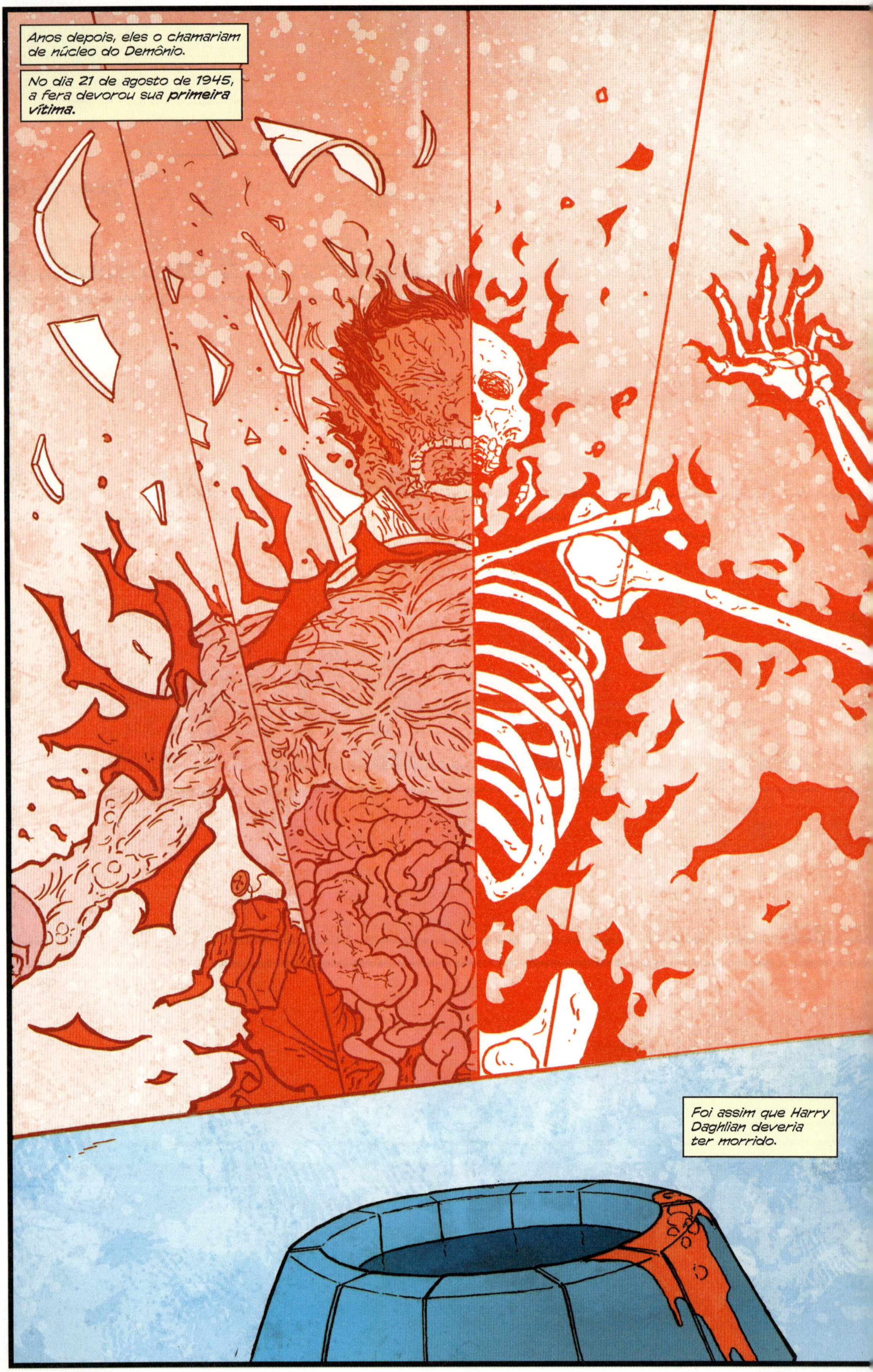
Anos depois, eles o chamariam de núcleo do Demônio.
No dia 21 de agosto de 1945, a fera devorou sua **primeira vítima.**
Foi assim que Harry Daghlian deveria ter morrido.

Agora.
Destino?
A grande reunião na nova estação, Helmutt.
Ah, que timing perfeito.
O Torii deles ficou online esta semana. Eu enviarei uma *mensagem antecipada* e avisarei que vocês estão a caminho.
Veja, Harry, tanques cheios de biologia precária.
Vai me dizer que isso não é um claro exemplo do que eu estava falando?
E, talvez, um pouco cruel demais?
Ah, não banque o ludita, Doutor. Aperfeiçoamos as baterias de transporte sem cérebros.
Não há consciência, nem vida.
Se eu ainda dormisse, não perderia meu sono por isso.
01010101 10101011

Hmpft!
01010101 10101011
01010101 10101011
É um pouco esparso.
Não impressiona muito, né?
Parece que a equipe de escavação russa levou seis meses pra abrir a caverna principal, os silos de lançamento e a plataforma de comando.
Eu soube que melhora conforme nos aproximamos da superfície.
01010101 10101011
01010101 10101011

Doutor Daghlain.
Doutor Fermi.
Meus dados indicam que esta é sua primeira visita à Base Tranquilidade. Então, é uma honra ser o primeiro a dar-lhes as boas-vindas.
Ambos ficarão satisfeitos em saber que chegaram bem na hora. A reunião vai começar.
"Os outros já estão lá dentro, aguardando vocês."
"A sala tem uma vista e tanto."

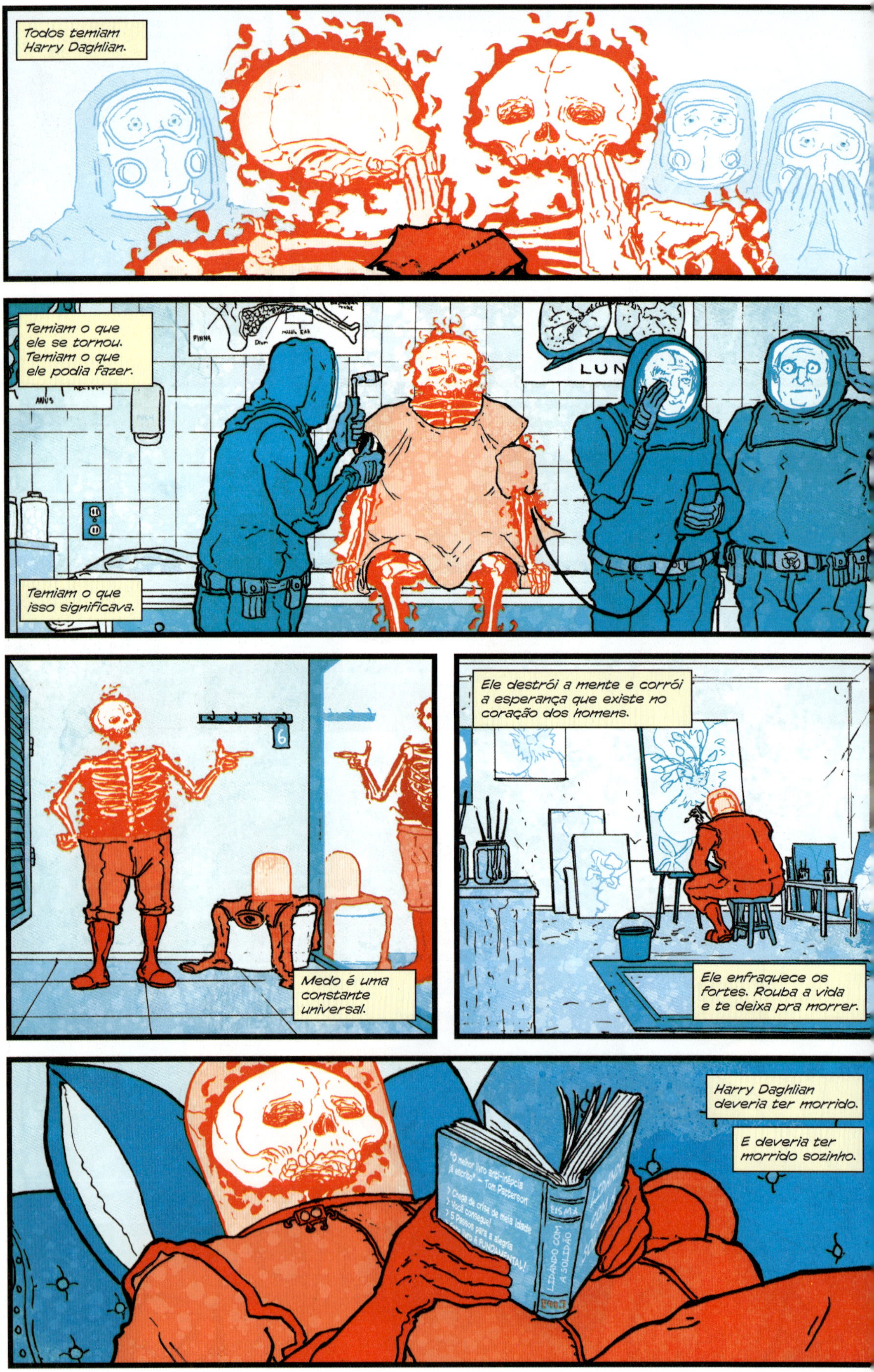
Todos temiam Harry Daghlian.
Temiam o que ele se tornou. Temiam o que ele podia fazer.
Temiam o que isso significava.
Medo é uma constante universal.
Ele destrói a mente e corrói a esperança que existe no coração dos homens.
Ele enfraquece os fortes. Rouba a vida e te deixa pra morrer.
Harry Daghlian deveria ter morrido.
E deveria ter morrido sozinho.
LIDANDO COM A SOLIDÃO

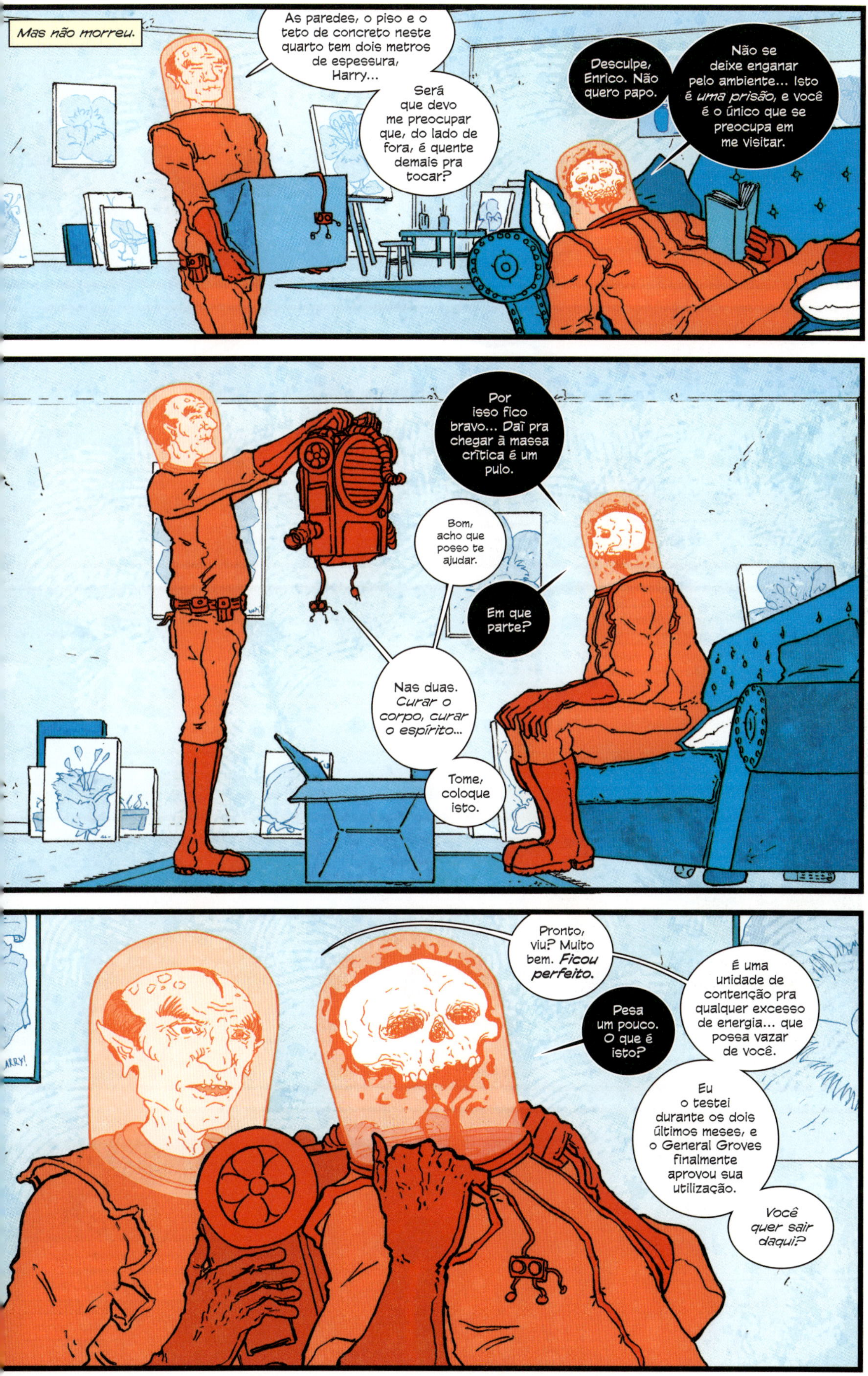

Mas não morreu.
As paredes, o piso e o teto de concreto neste quarto tem dois metros de espessura, Harry...
Será que devo me preocupar que, do lado de fora, é quente demais pra tocar?
Desculpe, Enrico. Não quero papo.
Não se deixe enganar pelo ambiente... Isto é *uma prisão*, e você é o único que se preocupa em me visitar.
Por isso fico bravo... Daí pra chegar à massa crítica é um pulo.
Bom, acho que posso te ajudar.
Em que parte?
Nas duas. *Curar o corpo, curar o espírito...*
Tome, coloque isto.
Pronto, viu? Muito bem. *Ficou perfeito.*
Pesa um pouco. O que é isto?
É uma unidade de contenção pra qualquer excesso de energia... que possa vazar de você.
Eu o testei durante os dois últimos meses, e o General Groves finalmente aprovou sua utilização.
Você quer sair daqui?

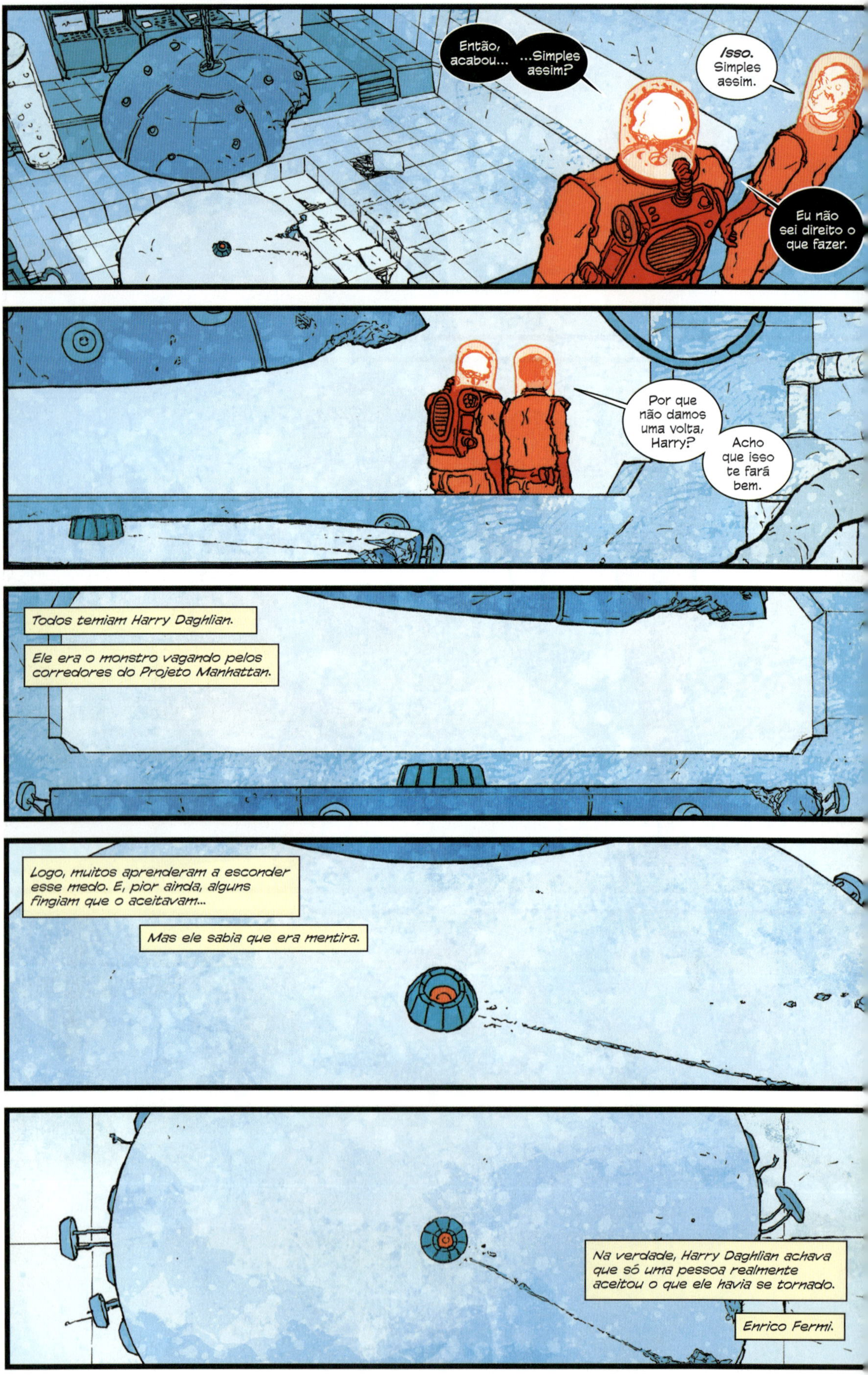
Então, acabou...
...Simples assim?
Isso. Simples assim.
Eu não sei direito o que fazer.
Por que não damos uma volta, Harry?
Acho que isso te fará bem.
Todos temiam Harry Daghlian.
Ele era o monstro vagando pelos corredores do Projeto Manhattan.
Logo, muitos aprenderam a esconder esse medo. E, pior ainda, alguns fingiam que o aceitavam...
Mas ele sabia que era mentira.
Na verdade, Harry Daghlian achava que só uma pessoa realmente aceitou o que ele havia se tornado.
Enrico Fermi.

Agora.
Um plano para o futuro.
Bem, senhores, nos encontramos em uma posição muito invejável.
Conseguimos realizar tudo o que nos propusemos.
Ou seja, vencemos.
Mas existe um pequeno problema.
Parece que, ao vencer, todos fomos afetados pela doença chamada responsabilidade.
Então... A pauta de hoje é começarmos a discutir nossos planos pro futuro.
Eu tenho planos.
Você sempre tem planos, Camarada Oppenheimer.
Grandes planos, com um certo toque de loucura, na minha opinião.

Eu não ligo a mínima pros interesses maiores do resto de vocês.
Só me importo com meus foguetes.
Eu sacrifiquei... *muito* pra não atingir meus objetivos.
*Da**. Os foguetes.
Eu nasci pra voar, meus amigos.
Eu prometi pra Laika que caminharíamos juntos pelas areias de Marte.
Também devo insistir nos foguetes.
*Sim.
Humpf! Olhem pela janela. Acham que somos tolos o bastante pra conquistar o espaço apenas pra abandoná-lo depois?
Como se turismo e exploração fossem a mesma coisa?
Por favor, né?
Com licença, General.
Sim, Doutor?
Pois bem, que nunca digam que o General Leslie Groves já atrapalhou uma maldita apresentação.
Hummm. Isso exige uma apresentação.
Se *me permite...*
Eu tenho planos.
Por favor, doutor, *eu insisto*.
Vamos ver esses planos.

Na minha opinião, é melhor separar nossa energia e nossos recursos em um número limitado de setores.
O primeiro dos quais eu chamo de Ares.
Aqui ficam "os foguetes", mas, sendo mais específico, trata-se de um programa espacial agressivo, cuja meta é explorar e colonizar nosso sistema solar.
Nosso primeiro ponto será o Planeta Vermelho. Desceremos em Marte nos próximos dois anos.
Creio que, de todos os meus planos apresentados hoje, este é o mais viável.
ARES
O segundo programa se concentraria em aperfeiçoar nossos sistemas biológicos.
Os objetivos de Gaia seriam de expandir radicalmente a longevidade humana, corrigir e restaurar danos nas formas de doenças e lesões comuns e, em prol de Ares, modificar um seleto grupo de humanos, permitindo-lhes sobreviver ao rigor do espaço.
Vale a pena ressaltar que estaremos lutando contra milhões de anos de evolução e seleção natural...
Humm.
Isso exigirá certo esforço.
GAIA

O meu terceiro programa é uma extensão natural dos programas *Gaia* e *Ares*.
Vulcano é um plano de energia de longo prazo, necessário para cumprir as outras metas.
Apesar de estarmos aproveitando os frutos monetários de um conflito fictício entre nossos dois governos, nossa reserva de capital, ou seja, os recursos, não é infinita.
Tais bens com certeza se esgotarão em vinte anos.
Então, devemos criar, produzir e controlar o fluxo de energia no nosso planeta.
Esta é, *sem dúvida*, minha meta mais ambiciosa, e a mais essencial dos meus três planos.
VULCANO
Hummm?
Três?

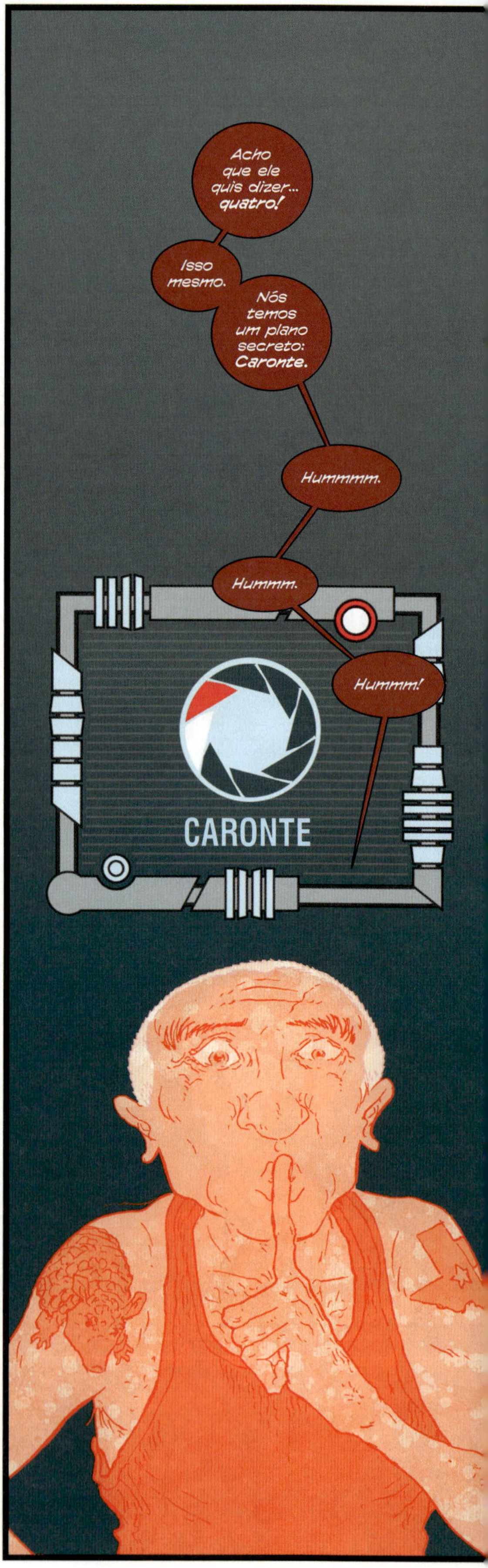
Acho que ele quis dizer... **quatro!**
Isso mesmo.
Nós temos um plano secreto: **Caronte.**
Hummmm.
Hummm.
Hummm!
CARONTE

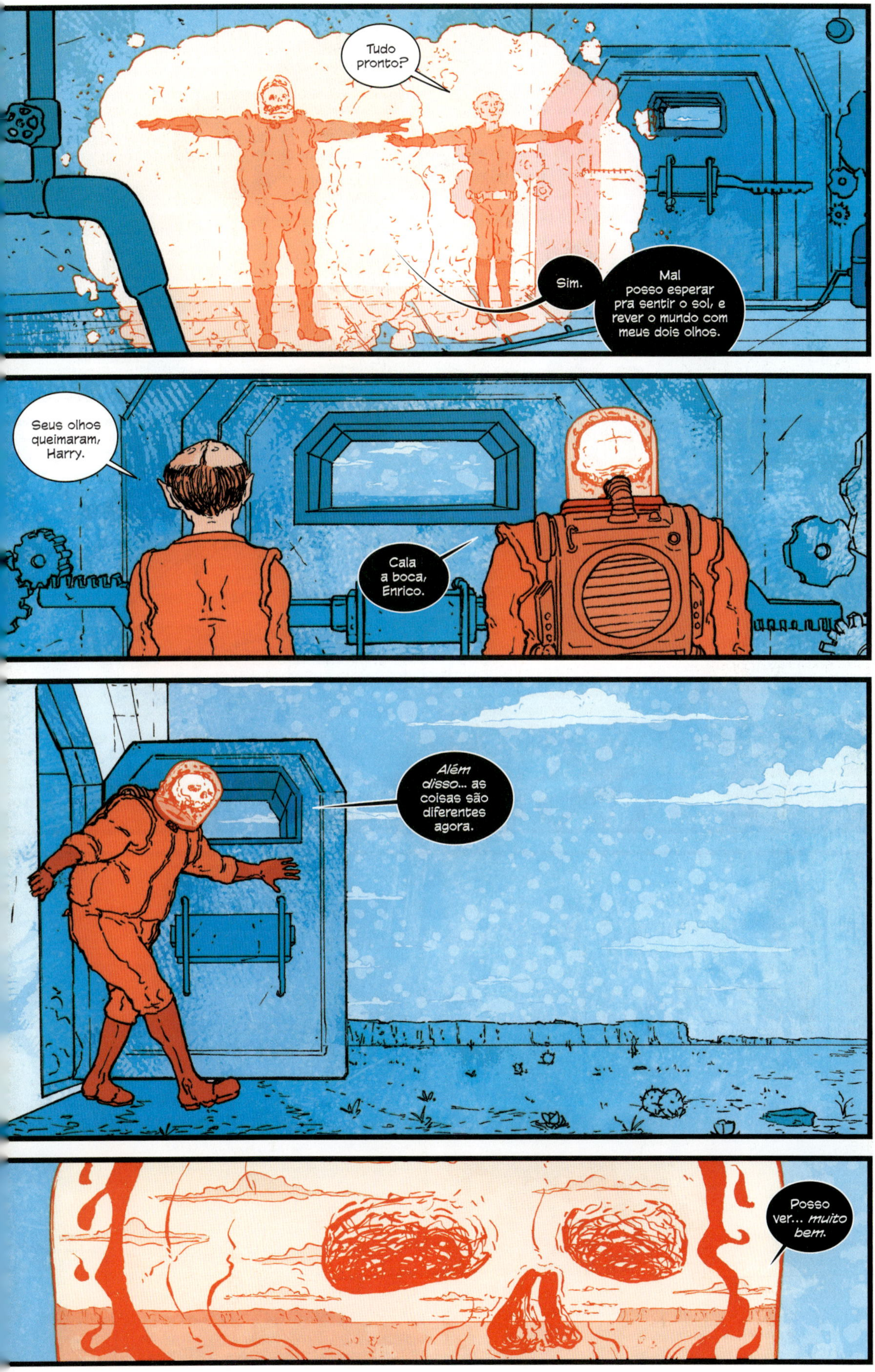
Tudo pronto?
Sim.
Mal posso esperar pra sentir o sol, e rever o mundo com meus dois olhos.
Seus olhos queimaram, Harry.
Cala a boca, Enrico.
Além disso... as coisas são diferentes agora.
Posso ver... *muito bem*.

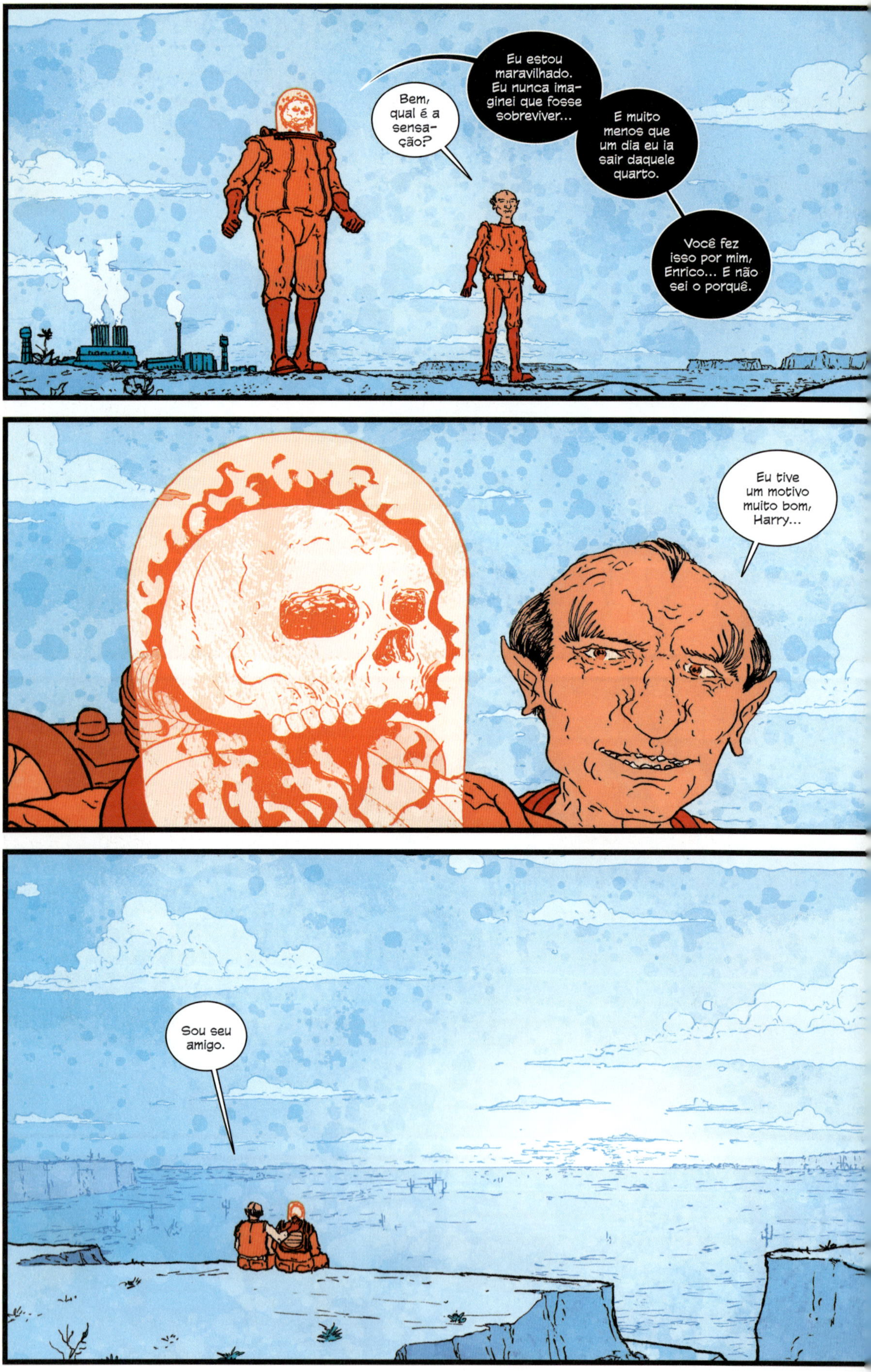
Bem, qual é a sensação?
Eu estou maravilhado. Eu nunca imaginei que fosse sobreviver...
E muito menos que um dia eu ia sair daquele quarto.
Você fez isso por mim, Enrico... E não sei o porquê.
Eu tive um motivo muito bom, Harry...
Sou seu amigo.

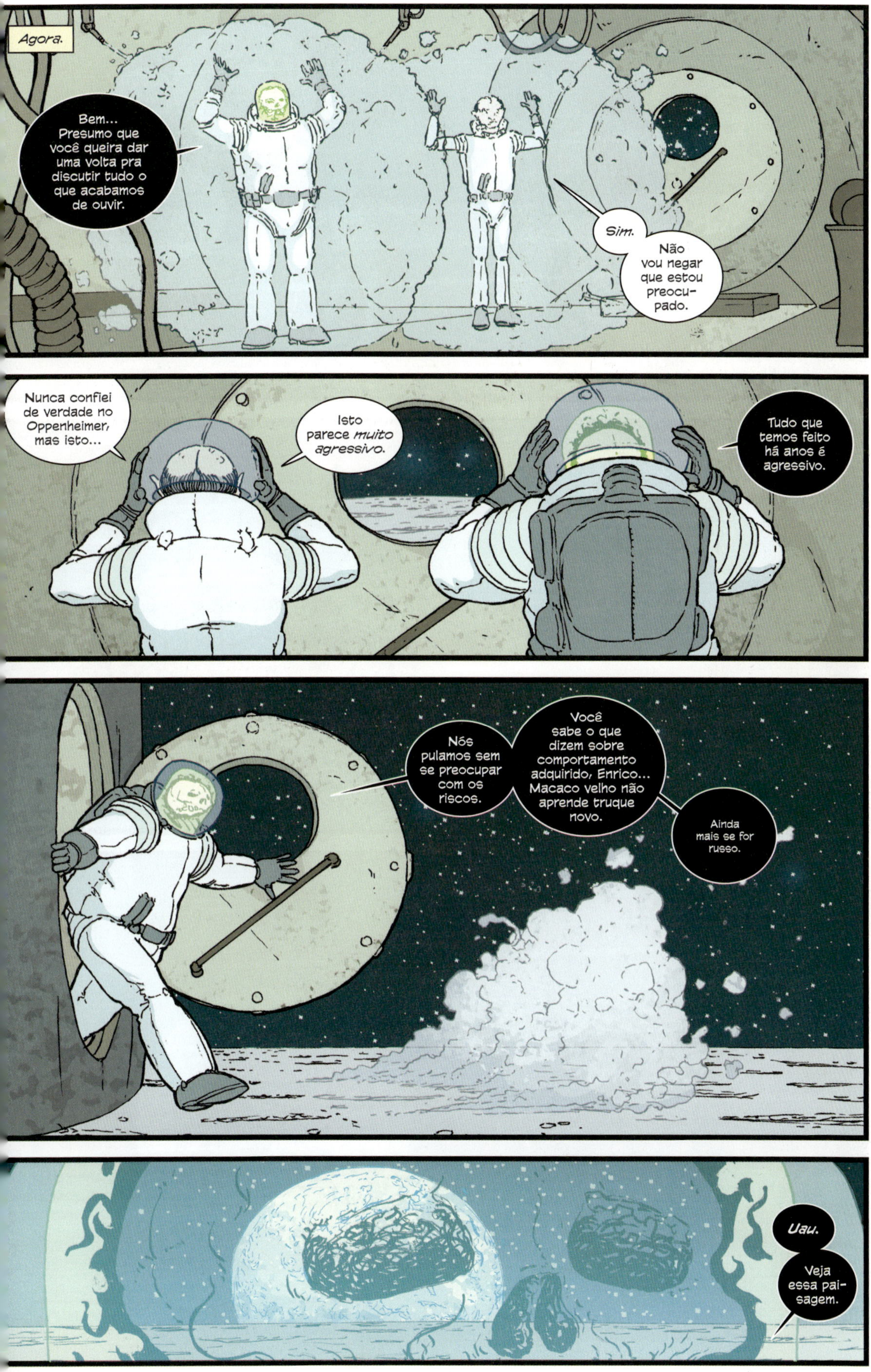
Agora.
Bem... Presumo que você queira dar uma volta pra discutir tudo o que acabamos de ouvir.
Sim.
Não vou negar que estou preocupado.
Nunca confiei de verdade no Oppenheimer, mas isto...
Isto parece *muito agressivo.*
Tudo que temos feito há anos é agressivo.
Nós pulamos sem se preocupar com os riscos.
Você sabe o que dizem sobre comportamento adquirido, Enrico... Macaco velho não aprende truque novo.
Ainda mais se for russo.
Uau.
Veja essa paisagem.

Olhe até onde chegamos.
Sim. Mas a gravidade sempre vence, Harry. Tudo e todos acabam caindo uma hora.
Até a gente.
Acho que não deveríamos apoiar os planos de Oppenheimer.
Você se preocupa demais...
Vai dar tudo certo. E, logo mais iremos *muito além.*
Em algum momento, você terá de contar aos outros que é um alienígena.
Continua...

"SAÚDEM O NÚCLEO DO DEMÔNIO."

– FERMI

CLAVIS AUREA
OS REGISTROS DE FEYNMAN

VOL. 3

STATUS DO DRONE: ONLINE

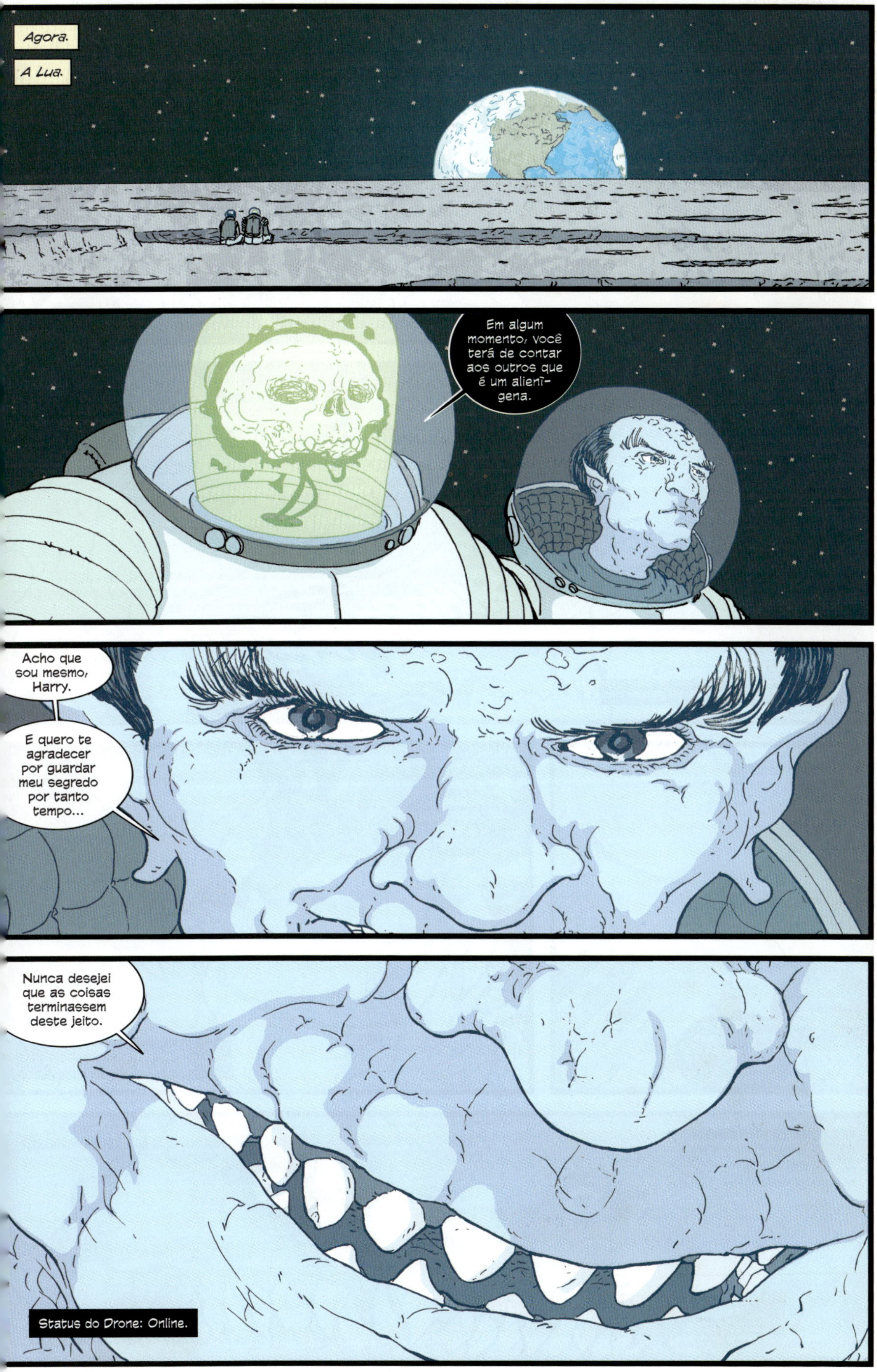
Agora.
A Lua.
Em algum momento, você terá de contar aos outros que é um alienígena.
Acho que sou mesmo, Harry.
E quero te agradecer por guardar meu segredo por tanto tempo...
Nunca desejei que as coisas terminassem deste jeito.
Status do Drone: Online.

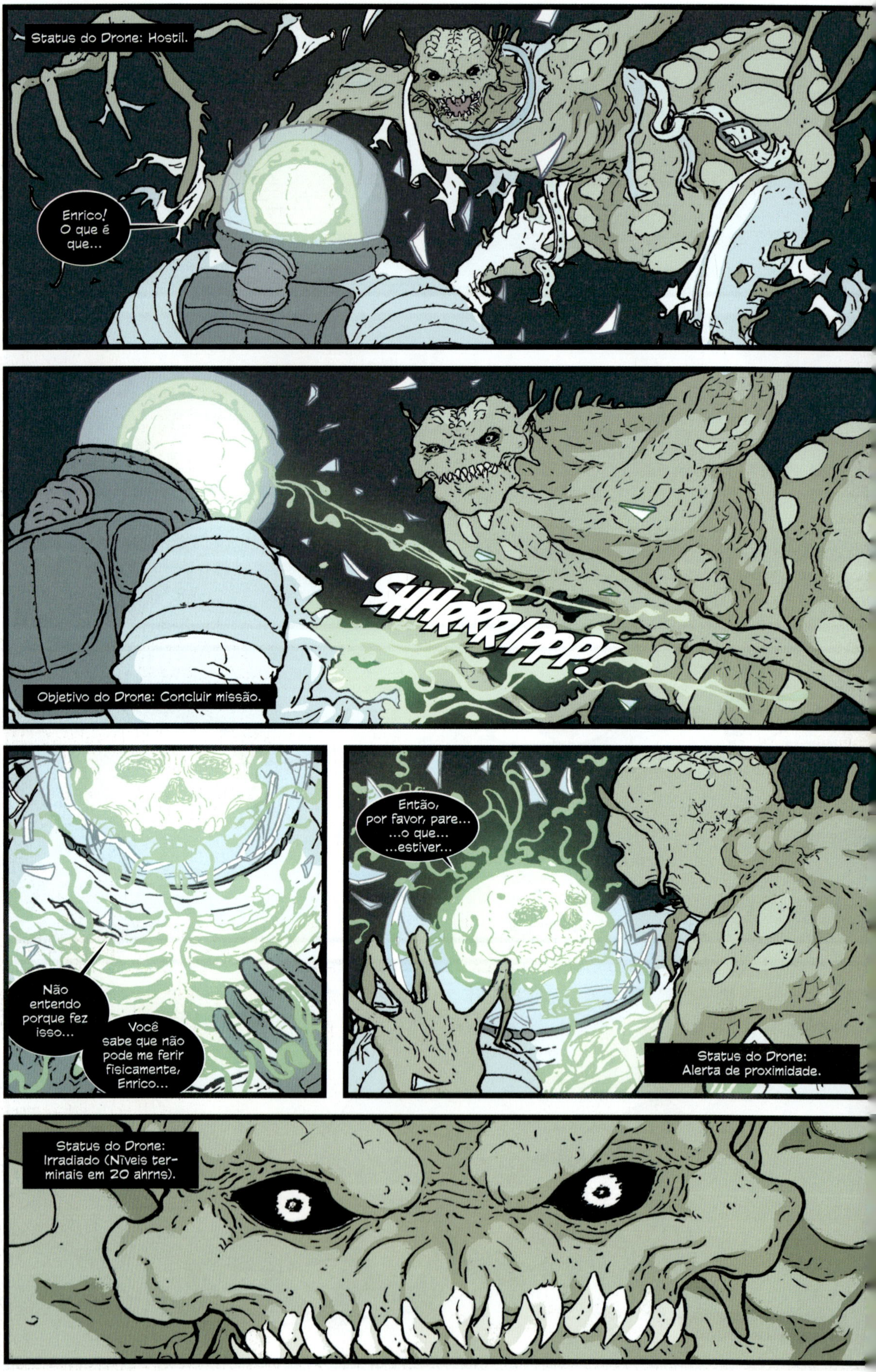
Status do Drone: Hostil.
Enrico! O que é que...
SHHRRRIPPP!
Objetivo do Drone: Concluir missão.
Não entendo porque fez isso...
Você sabe que não pode me ferir fisicamente, Enrico...
Então, por favor, pare... ...o que... ...estiver...
Status do Drone: Alerta de proximidade.
Status do Drone: Irradiado (Níveis terminais em 20 ahrns).

Aaaaaahh!
Status do Drone:
Indiferente (Natural).
Objetivo do Drone: Concluir missão.

12

O PARADOXO DE FERMI

"A CIRURGIA PLÁSTICA JÁ AVANÇOU MUITO."

CLAVIS AUREA
OS REGISTROS DE FEYNMAN

VOL. 3

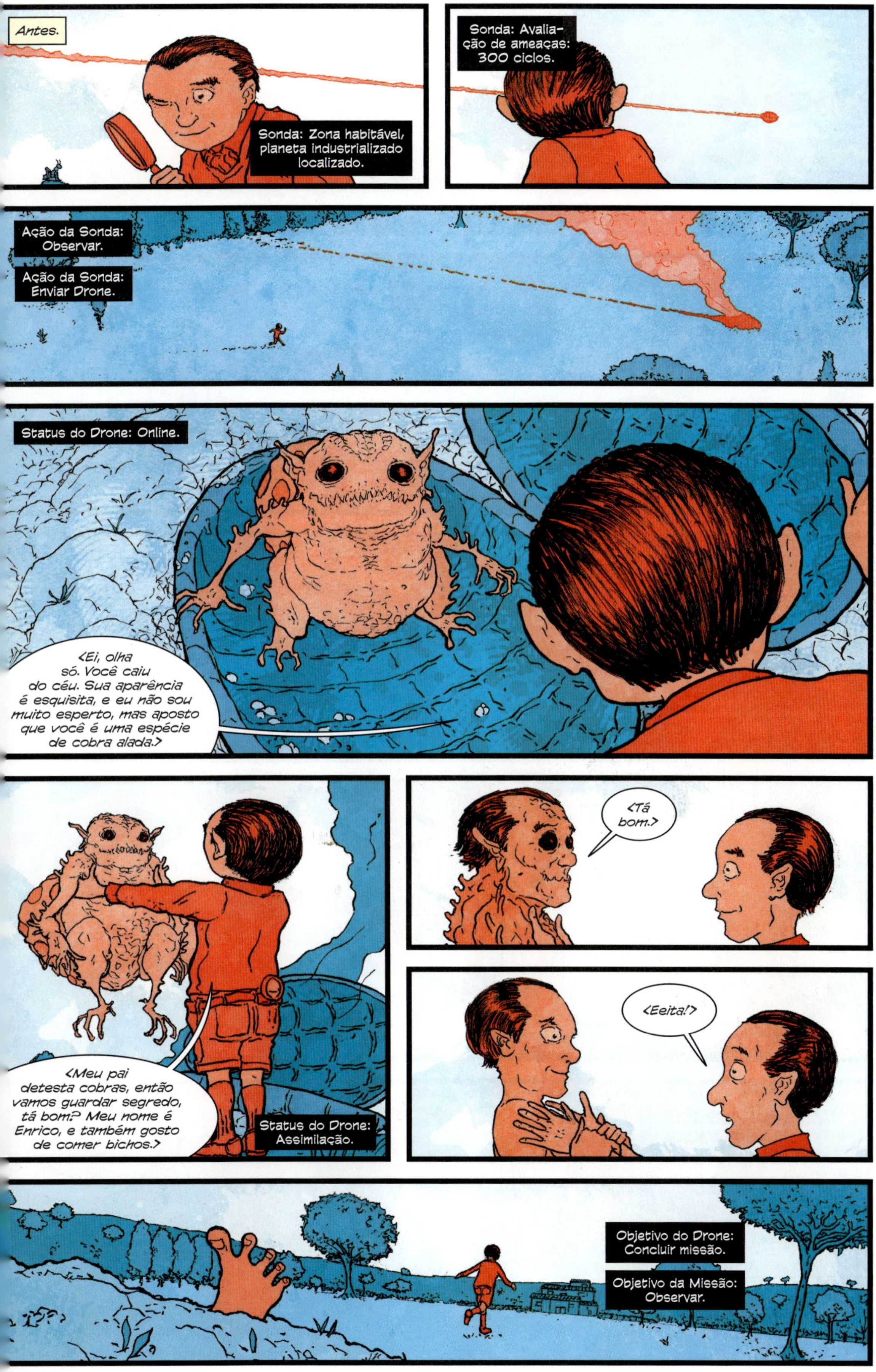
Antes.
Sonda: Zona habitável, planeta industrializado localizado.
Sonda: Avaliação de ameaças: 300 ciclos.
Ação da Sonda: Observar.
Ação da Sonda: Enviar Drone.
Status do Drone: Online.
<Ei, olha só. Você caiu do céu. Sua aparência é esquisita, e eu não sou muito esperto, mas aposto que você é uma espécie de cobra alada.>
<Meu pai detesta cobras, então vamos guardar segredo, tá bom? Meu nome é Enrico, e também gosto de comer bichos.>
Status do Drone: Assimilação.
<Tá bom.>
<Eeita!>
Objetivo do Drone: Concluir missão.
Objetivo da Missão: Observar.

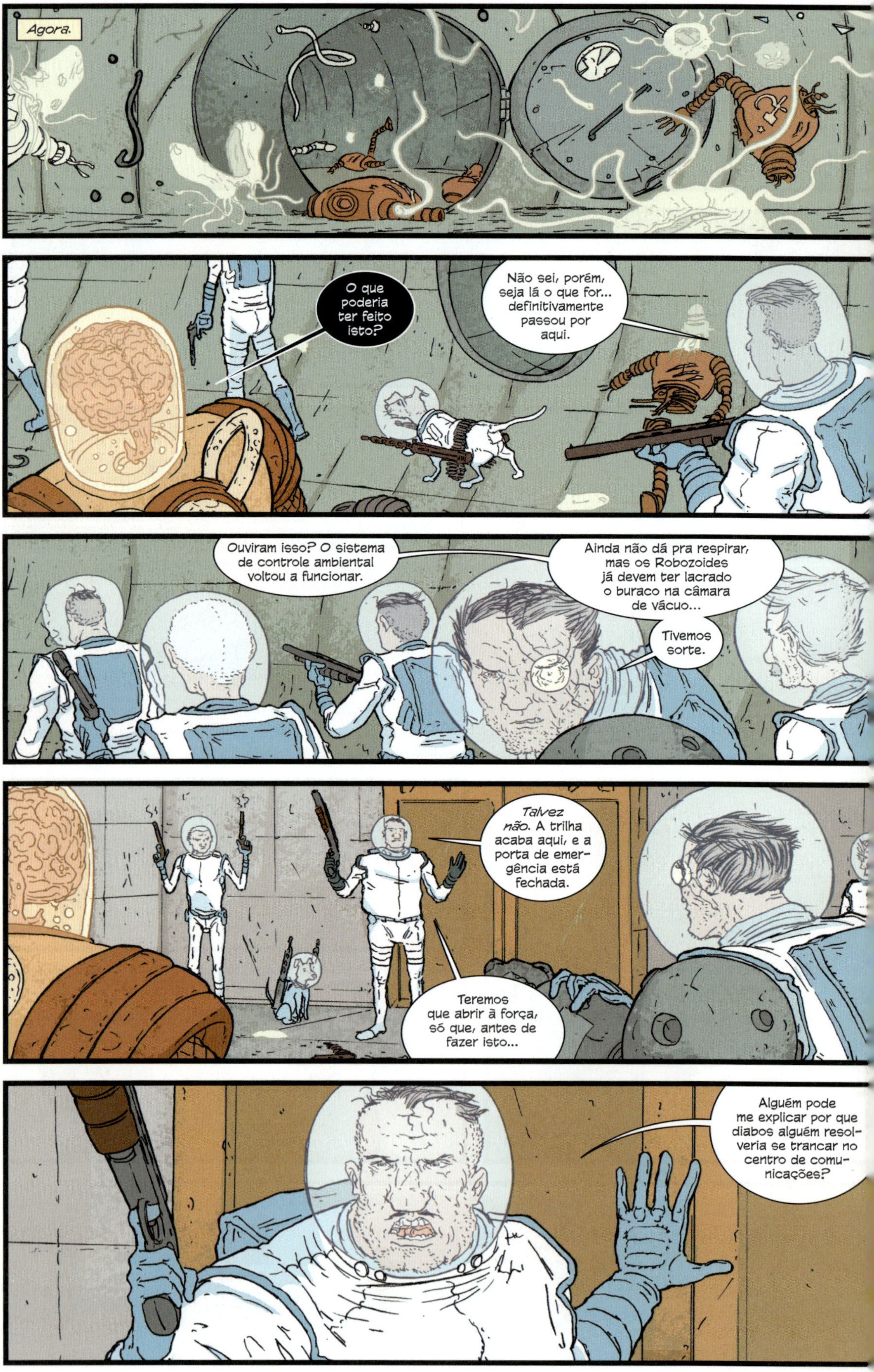
Agora.
O que poderia ter feito isto?
Não sei, porém, seja lá o que for... definitivamente passou por aqui.
Ouviram isso? O sistema de controle ambiental voltou a funcionar.
Ainda não dá pra respirar, mas os Robozoides já devem ter lacrado o buraco na câmara de vácuo...
Tivemos sorte.
Talvez não. A trilha acaba aqui, e a porta de emergência está fechada.
Teremos que abrir à força, só que, antes de fazer isto...
Alguém pode me explicar por que diabos alguém resolveria se trancar no centro de comunicações?

Acho que meu nariz tá quebra-do.
Se pudesse olhar no espelho, eu saberia dizer... Mas tenho quase certeza de que você o quebrou.
O nariz... e o espelho também.
O que, como você deve *ou não* saber, é um mau presságio.
Então, acho que você tá ferrado.
E se você não se ferrar por isso, talvez se ferre porque quer ampliar seu sinal, refletindo-o em uma estrela supergi-gante através de um campo magnético e esse...
Preste atenção...
...não é o caminho certo.
Você está fazendo bobagem.

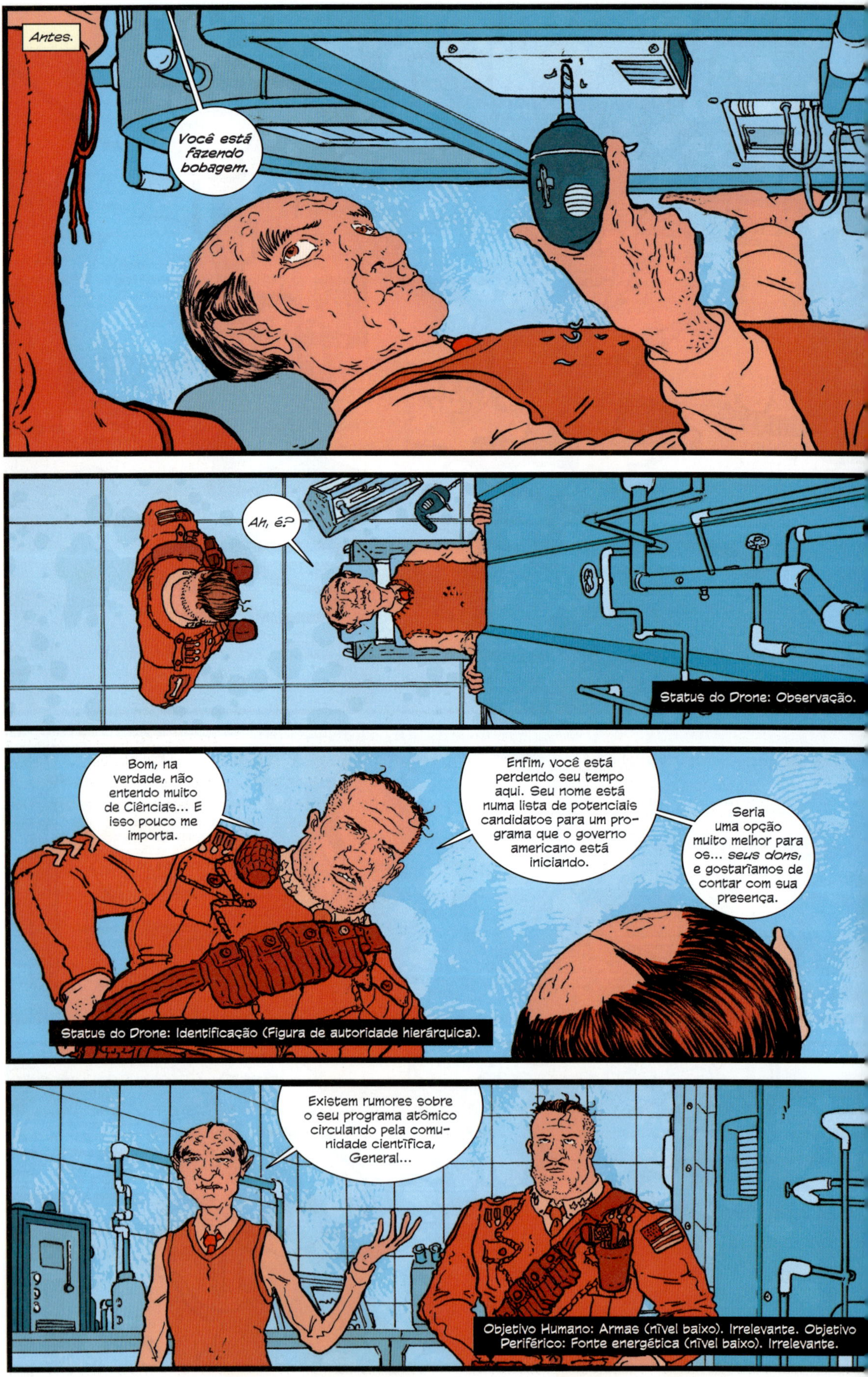
Antes.
Você está fazendo bobagem.
Ah, é?
Status do Drone: Observação.
Bom, na verdade, não entendo muito de Ciências... E isso pouco me importa.
Enfim, você está perdendo seu tempo aqui. Seu nome está numa lista de potenciais candidatos para um programa que o governo americano está iniciando.
Seria uma opção muito melhor para os... *seus dons*, e gostaríamos de contar com sua presença.
Status do Drone: Identificação (Figura de autoridade hierárquica).
Existem rumores sobre o seu programa atômico circulando pela comunidade científica, General...
Objetivo Humano: Armas (nível baixo). Irrelevante. Objetivo Periférico: Fonte energética (nível baixo). Irrelevante.

...e, infelizmente, essa área de estudo não me interessa.
Então... *Lamento*, mas devo declinar.
LAVE
Sei. Não é a primeira vez que ouvimos isso.
Gênios sempre pensam demais.
CREAMER
Na verdade, estamos trabalhando em coisas mais interessantes. Coisas que mais ninguém neste planeta está fazendo.
Tipo?
Status do Drone: Reavaliação.
Coisas incríveis. ***Coisas de outro mundo.***
Você gostaria de vir comigo e dar uma espiada?
Objetivo do Drone: Concluir missão.
Objetivo da missão: Observação.
LAVE
Farei as malas.

Agora.
O sinal seguirá em direção ao braço de Perseus desta galáxia... e *será transmitido*.
Ora... Você *errou* feio, Richard.
Não...
Eu só estava blefando.
Ganhando tempo. Tentando entender a situação... E consegui.
Você me conhece muito bem, e eu também devo te conhecer.
Então... Diga-me, Dr. Fermi...
O que você fez com Harry Daghlian?

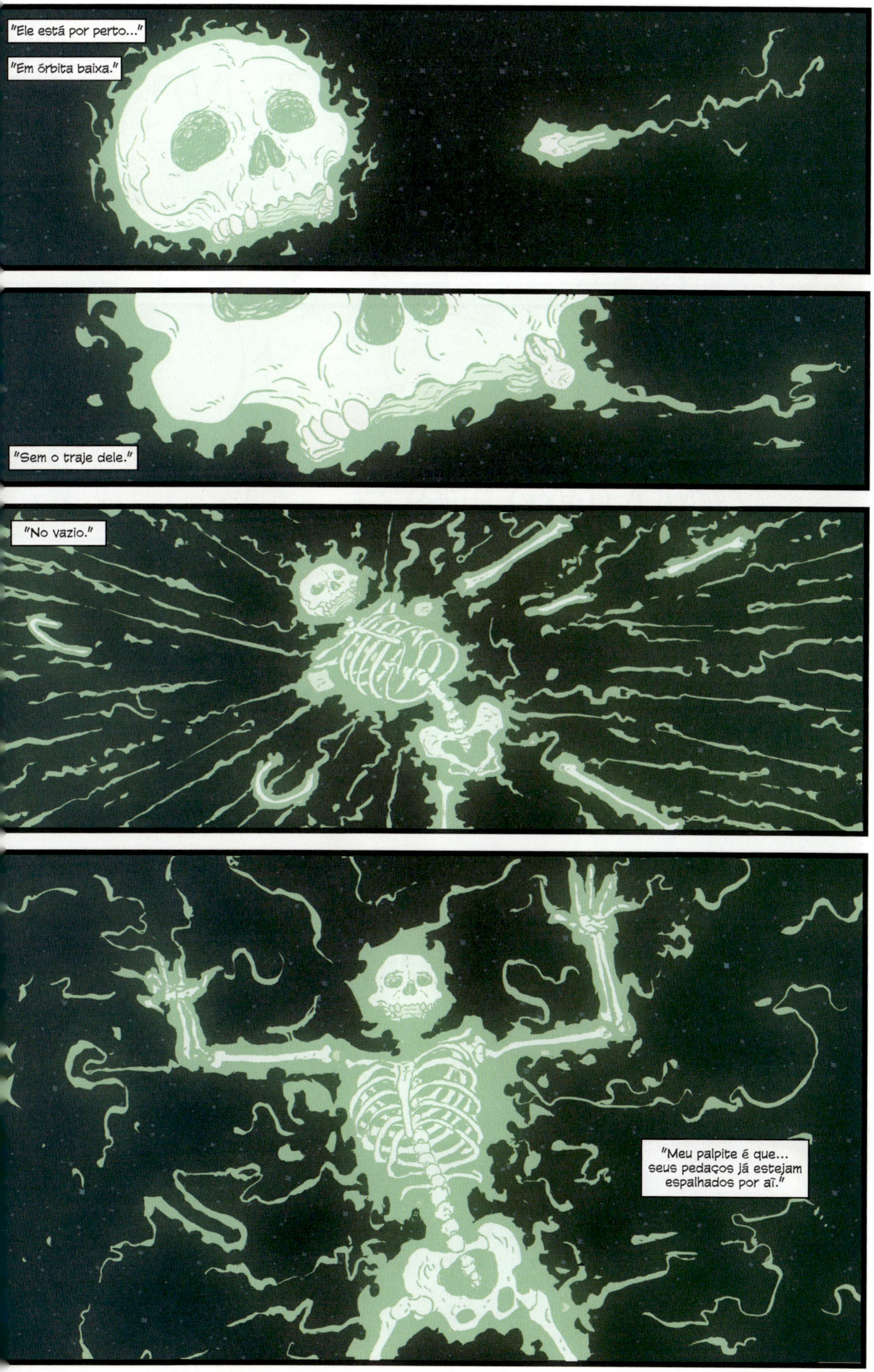
"Ele está por perto..."
"Em órbita baixa."
"Sem o traje dele."
"No vazio."
"Meu palpite é que... seus pedaços já estejam espalhados por aí."

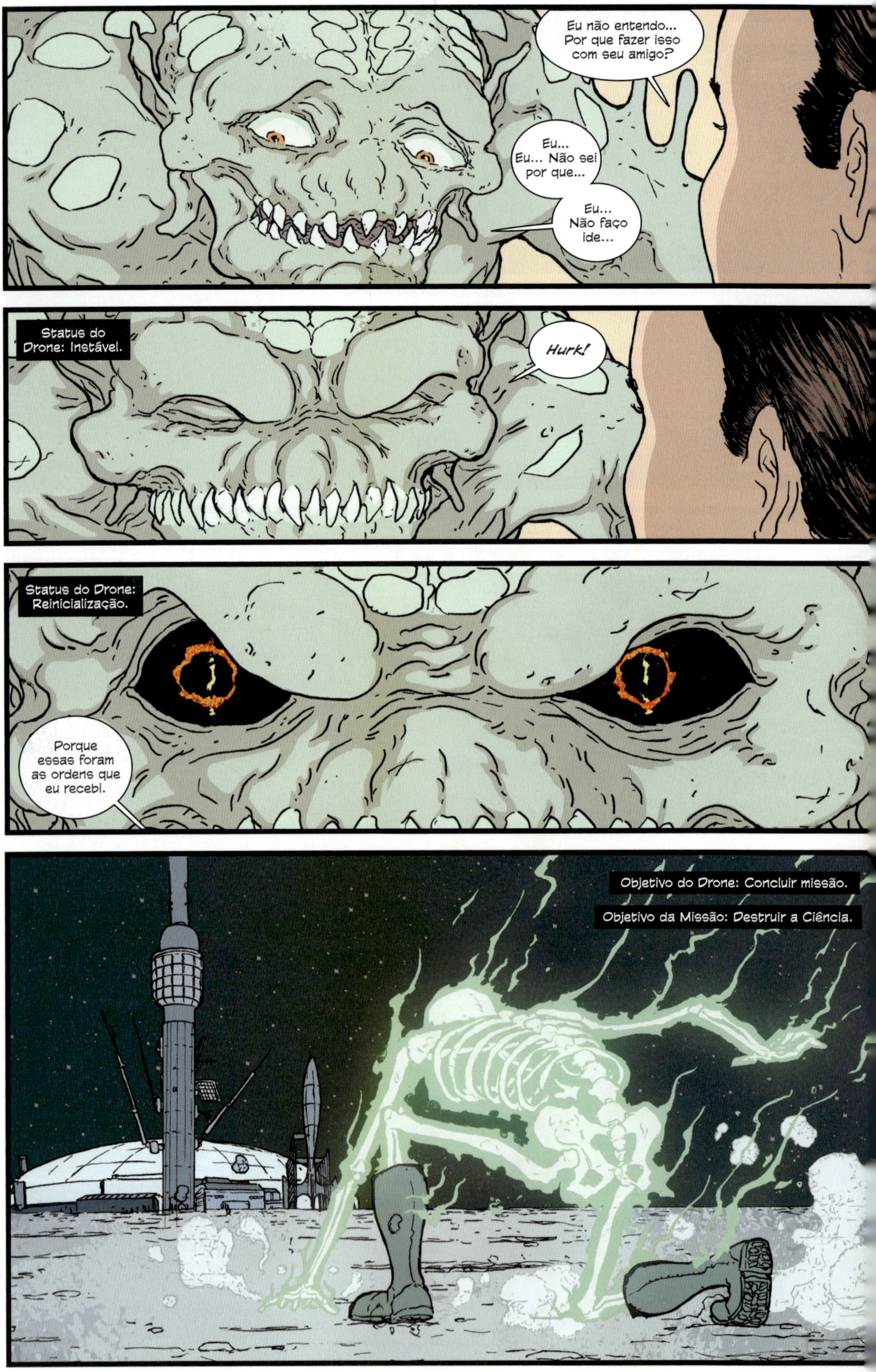
Eu não entendo... Por que fazer isso com seu amigo?
Eu... Eu... Não sei por que...
Eu... Não faço ide...
Status do Drone: Instável.
Hurk!
Status do Drone: Reinicialização.
Porque essas foram as ordens que eu recebi.
Objetivo do Drone: Concluir missão.
Objetivo da Missão: Destruir a Ciência.

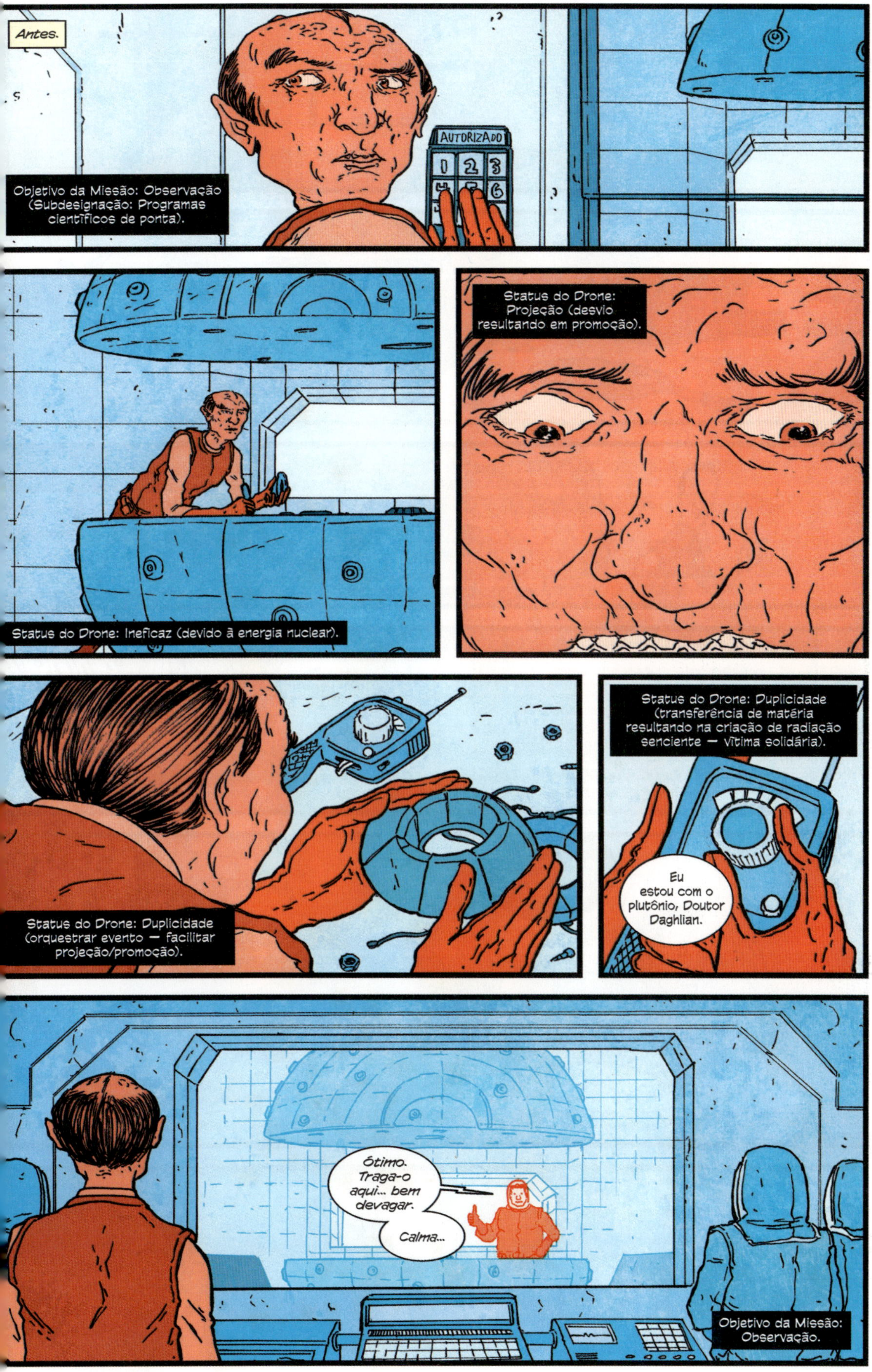
Antes.
AUTORIZADO
Objetivo da Missão: Observação (Subdesignação: Programas científicos de ponta).
Status do Drone: Ineficaz (devido à energia nuclear).
Status do Drone: Projeção (desvio resultando em promoção).
Status do Drone: Duplicidade (orquestrar evento — facilitar projeção/promoção).
Status do Drone: Duplicidade (transferência de matéria resultando na criação de radiação senciente — vítima solidária).
Eu estou com o plutônio, Doutor Daghlian.
Ótimo. Traga-o aqui... bem devagar.
Calma...
Objetivo da Missão: Observação.

Agora.
Ora, vejam só...
Mesmo quebrado, sempre posso contar contigo, fiel espelho.
SKRT. SKRT.
FWOOOSH!
Rápido. Rápido. Rápido.
Nós chegamos, Doutor... Pra onde você está correndo?
Eu tenho que ir ao Centro Médico.
Se não ajeitar esse nariz agora mesmo, vai ser um Deus nos acuda.
"Ah, e cuidado com o Fermi. Ele é um alienígena do espaço, determinado a matar todos nós."

Bom, isso só será um problema se ele for à prova de bala e de fogo.

BLAM!
BLAM!
RATT-TA-TTATTTAT!
BLAM!
BLAM!
BLAM!
BLAM!
BLAM!
BLAM!
BLAM!
BLAM!
BLAM!
WHHOOOSHHH!

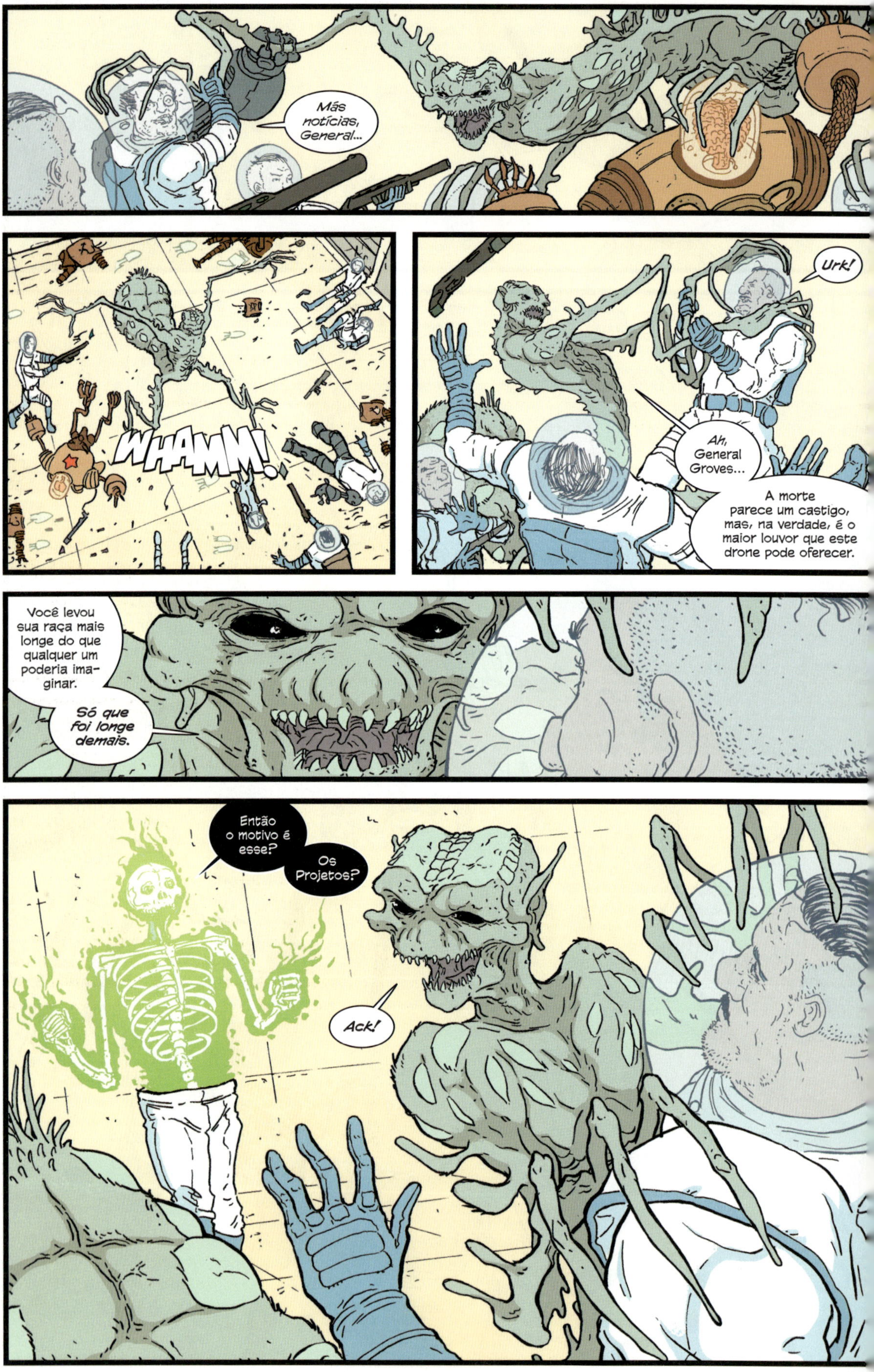
Más notícias, General...
WHAMM!
Urk!
Ah, General Groves...
A morte parece um castigo, mas, na verdade, é o maior louvor que este drone pode oferecer.
Você levou sua raça mais longe do que qualquer um poderia imaginar.
Só que foi longe demais.
Então o motivo é esse?
Os Projetos?
Ack!

É isso?!
Uurglee...
Ughh...
Uhh...
Uh... Que...
...bom que...
...você está bem, Harry.
Por que fez isso, Enrico?

Antes.
Chegamos.
Faça uma leitura da atmosfera.
E ajuste o relé para confirmarmos se nossas tentativas de comunicação com Los Alamos deram certo...

Status do Drone: Buscando...
Diga a eles que conseguimos.
Status do Drone: Buscando...
Status do Drone: Buscando...

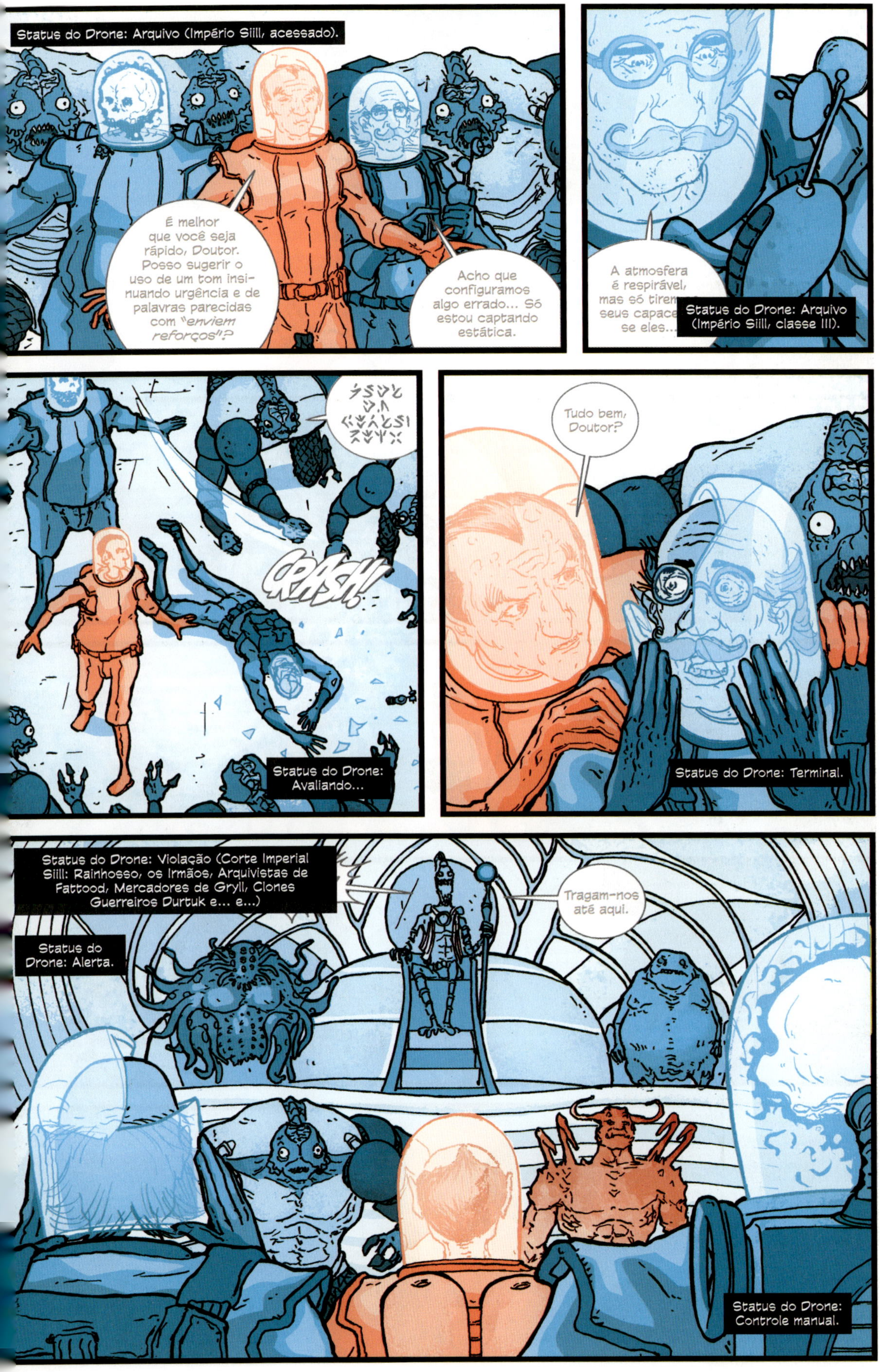
Status do Drone: Arquivo (Império Siill, acessado).
É melhor que você seja rápido, Doutor. Posso sugerir o uso de um tom insinuando urgência e de palavras parecidas com "*enviem reforços*"?
Acho que configuramos algo errado... Só estou captando estática.
A atmosfera é respirável, mas só tirem seus capace se eles...
Status do Drone: Arquivo (Império Siill, classe III).
CRASH!
Status do Drone: Avaliando...
Tudo bem, Doutor?
Status do Drone: Terminal.
Status do Drone: Violação (Corte Imperial Siill: Rainhosso, os Irmãos, Arquivistas de Fattood, Mercadores de Gryll, Clones Guerreiros Durtuk e... e...)
Status do Drone: Alerta.
Tragam-nos até aqui.
Status do Drone: Controle manual.

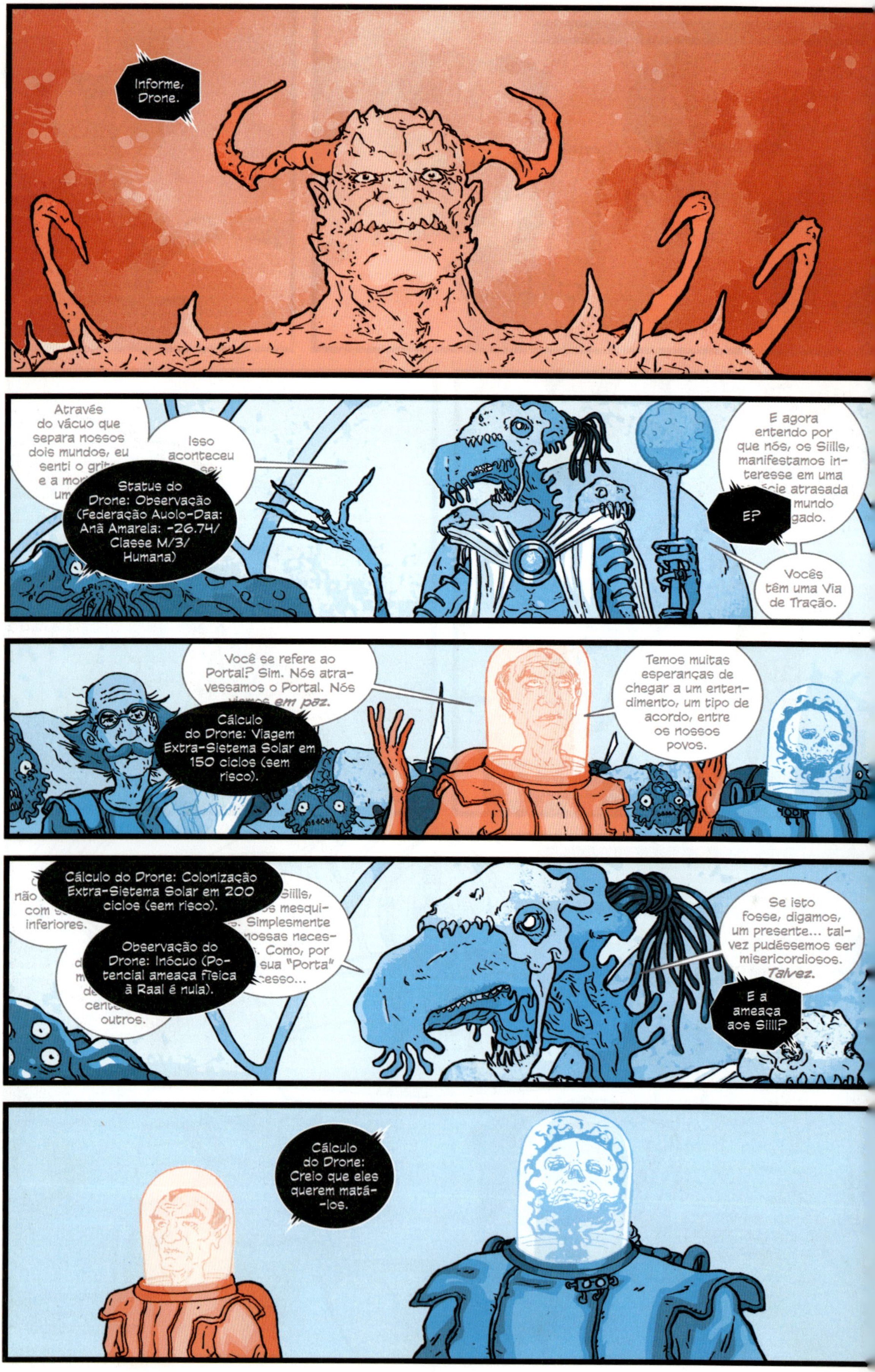

Informe, Drone.
Através do vácuo que separa nossos dois mundos, eu senti o grit e a mor um
Isso aconteceu seu
Status do Drone: Observação (Federação Auolo-Daa: Anã Amarela: -26.74/ Classe M/3/ Humana)
E agora entendo por que nós, os Siills, manifestamos interesse em uma cie atrasada mundo gado.
E?
Vocês têm uma Via de Tração.
Você se refere ao Portal? Sim. Nós atravessamos o Portal. Nós *em paz.*
Cálculo do Drone: Viagem Extra-Sistema Solar em 150 ciclos (sem risco).
Temos muitas esperanças de chegar a um entendimento, um tipo de acordo, entre os nossos povos.
Cálculo do Drone: Colonização Extra-Sistema Solar em 200 ciclos (sem risco).
não com inferiores.
Siills, s mesqui- Simplesmente nossas neces- Como, por sua "Porta" cesso...
Observação do Drone: Inócuo (Potencial ameaça física à Raal é nula).
outros.
Se isto fosse, digamos, um presente... talvez pudéssemos ser misericordiosos. *Talvez.*
E a ameaça aos Siill?
Cálculo do Drone: Creio que eles querem matá-los.

Pedido do Drone: Observar.
SHUNNK-T!!
CCRASSH!!
NÃÃÃOOO!!!
URK!
O que você fez, Doutor?
Cálculo do Drone: Radiação em excesso nas glândulas de absorção dos Siills.
Cálculo do Drone: Raça Siill terminal.

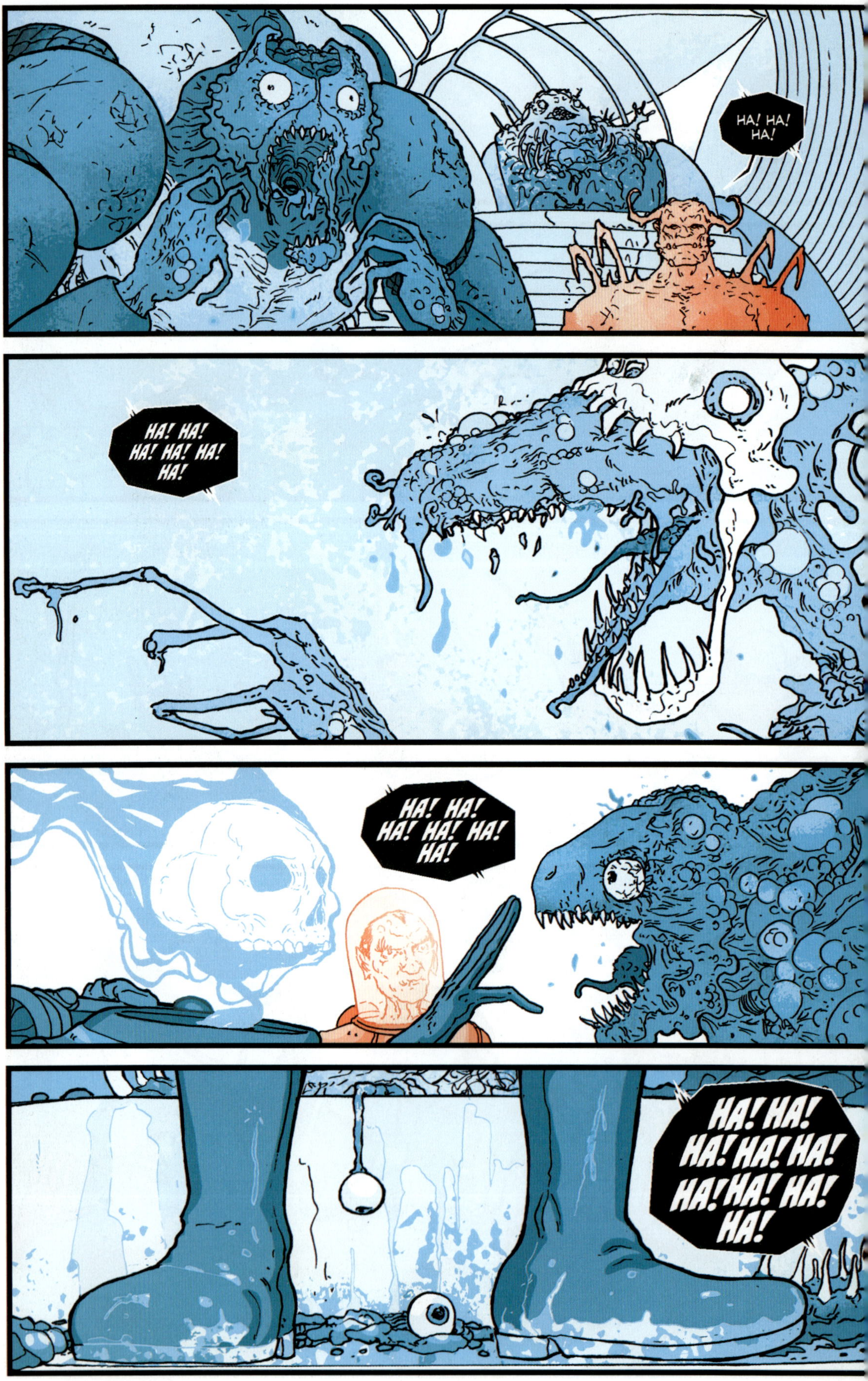
HA! HA!
HA!
HA! HA!
HA! HA! HA!
HA!
HA! HA!
HA! HA! HA!
HA!
HA! HA!
HA! HA! HA!
HA! HA! HA!
HA!

Excelente, Drone.
Bom trabalho o dos seus humanos.
Uh... Uh... Eu... Eu sinto muito, Harry.
Sint...

Muito bom mesmo.
Droga.
Status do Drone: Inativo (aguardando novas instruções).
Bem, devo dizer que... progresso é uma coisa difícil de se medir.

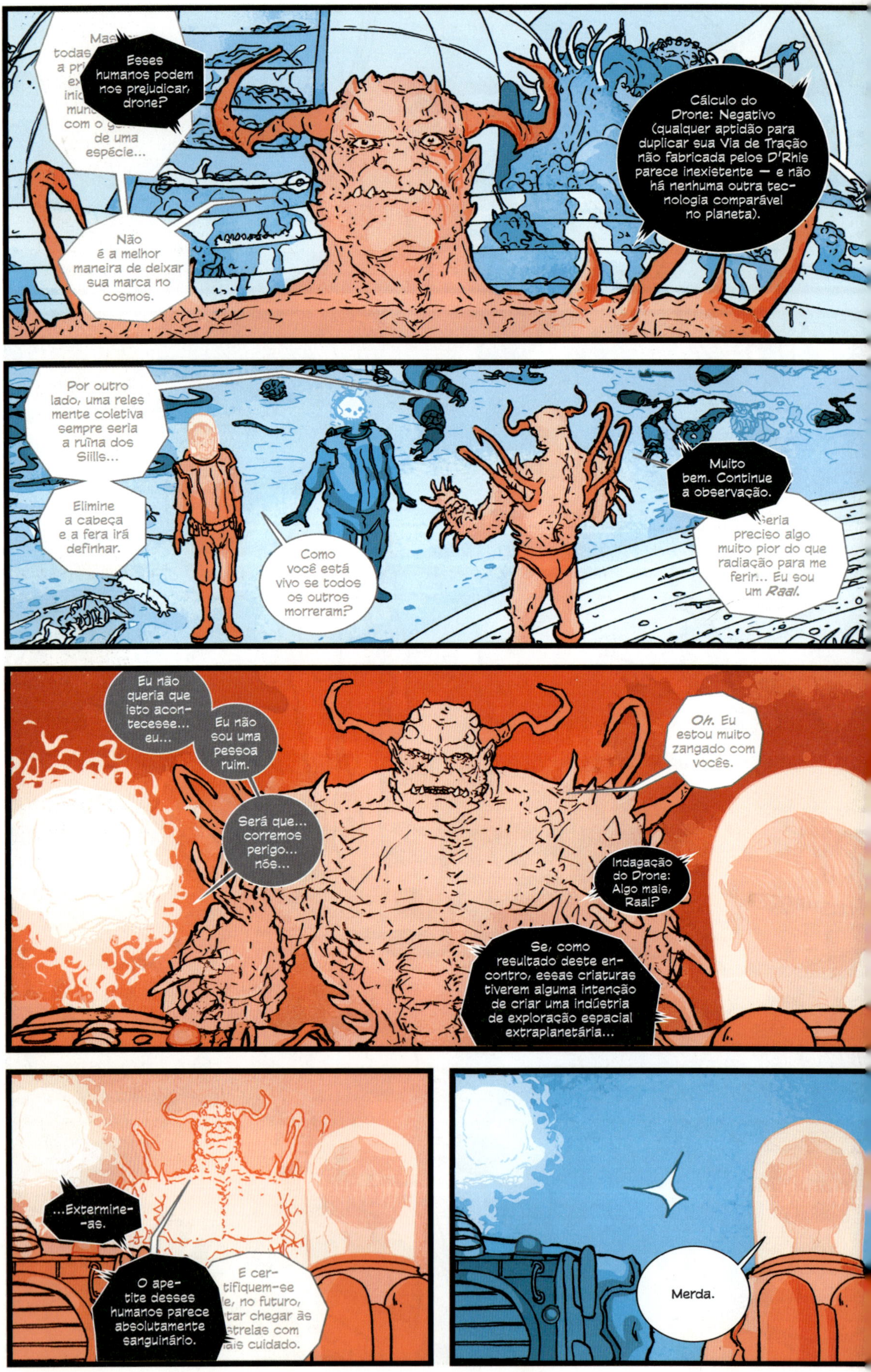
Esses humanos podem nos prejudicar, drone?
Cálculo do Drone: Negativo (qualquer aptidão para duplicar sua Via de Tração não fabricada pelos D'Rhis parece inexistente — e não há nenhuma outra tecnologia comparável no planeta).
de uma espécie...
Não é a melhor maneira de deixar sua marca no cosmos.
Por outro lado, uma reles mente coletiva sempre seria a ruína dos Siills...
Elimine a cabeça e a fera irá definhar.
Como você está vivo se todos os outros morreram?
preciso algo muito pior do que radiação para me ferir... Eu sou um *Raal*.
Muito bem. Continue a observação.
Eu não queria que isto acontecesse... eu...
Eu não sou uma pessoa ruim.
Será que... corremos perigo... nós...
Oh. Eu estou muito zangado com vocês.
Indagação do Drone: Algo mais, Raal?
Se, como resultado deste encontro, essas criaturas tiverem alguma intenção de criar uma indústria de exploração espacial extraplanetária...
...Extermine-as.
O apetite desses humanos parece absolutamente sanguinário.
E certifiquem-se
Merda.

Agora.
Bem... O que faremos com você?
Status do Drone: Indefinido...
Doutor Feynman?
Ah, ele quebrou meu nariz. Devíamos, no mínimo, esfolar o cretino.
Harry?
E-Eu... estou tão triste com tudo isso...
Sei lá.
Ora. Acho que já sei a resposta para a pergunta.
Status do Drone: Conflitante.
Harry!
Harry! Desculpe!
Não tive escolha. Foi para isso que fui criado.
Cogitamos deixar o Oppenheimer te comer... e descobrir a informação oculta na sua mente.
Mas aí pensamos no assunto...
Quem precisa de um traidor por perto?

Então, encontrei uma solução melhor.
Snif!
RRRUUMMMMMM!
Desculpe, *Harry!*
Eu...
Status do Drone:...
HHRRUUU!!
Offline.

VOCÊ FOI UMA INSPIRAÇÃO

Los Alamos.
Bom, acho que não há muito mais a ser dito...
Nós pensávamos que conhecíamos o homem, e nem isso ele *era*.
AQUI JAZ
Enrico Fermi
Cientista
TRAIDOR

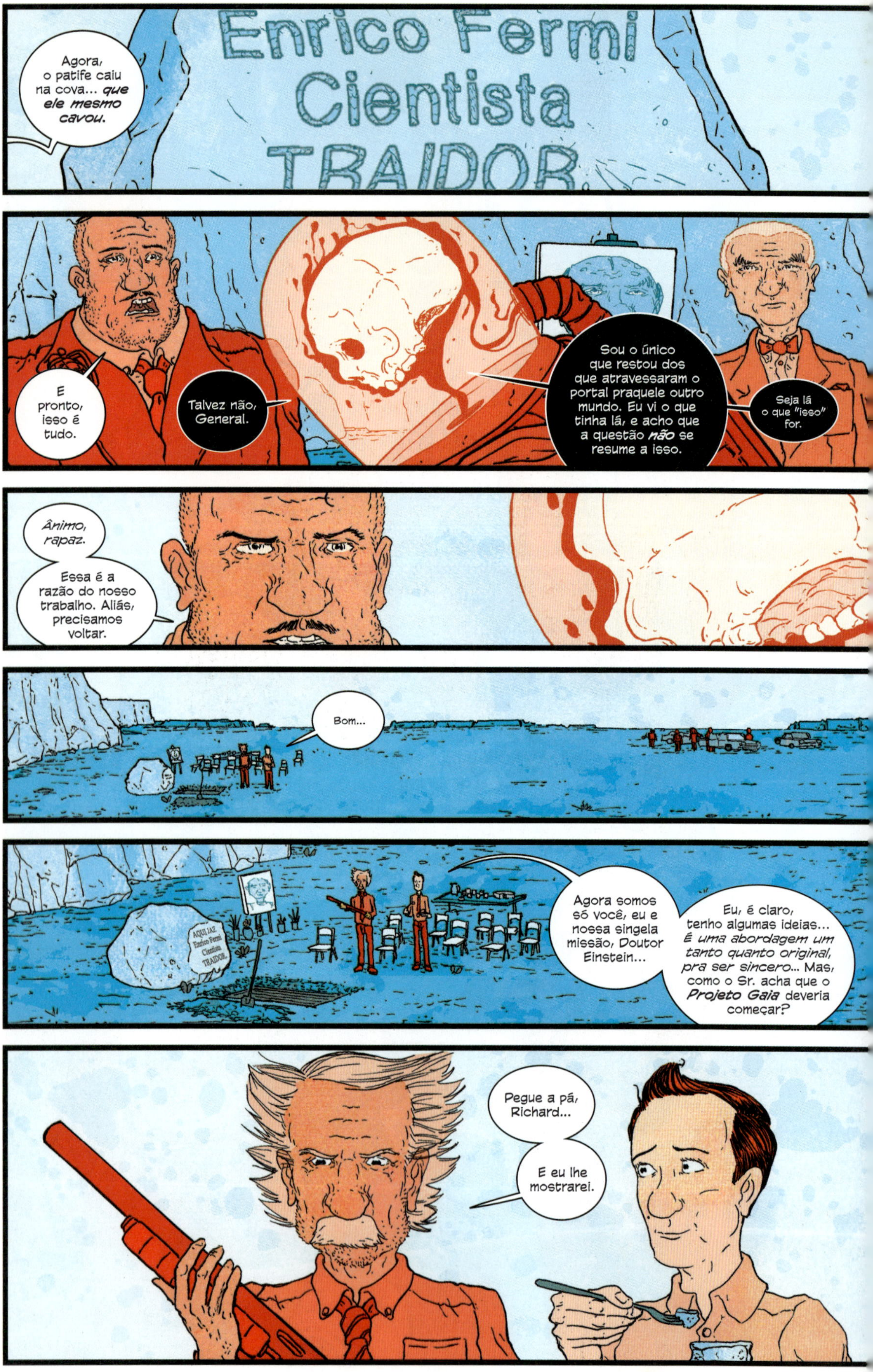
Enrico Fermi
Cientista
TRAIDOR
Agora, o patife caiu na cova... *que ele mesmo cavou.*
E pronto, isso é tudo.
Talvez não, General.
Sou o único que restou dos que atravessaram o portal praquele outro mundo. Eu vi o que tinha lá, e acho que a questão *não* se resume a isso.
Seja lá o que "isso" for.
Ânimo, rapaz.
Essa é a razão do nosso trabalho. Aliás, precisamos voltar.
Bom...
Agora somos só você, eu e nossa singela missão, Doutor Einstein...
Eu, é claro, tenho algumas ideias... *É uma abordagem um tanto quanto original, pra ser sincero...* Mas, como o Sr. acha que o *Projeto Gaia* deveria começar?
Pegue a pá, Richard...
E eu lhe mostrarei.

"TERRA, FOGO, ÁGUA, AR... TUDO ISSO, ÀS MINHAS ORDENS."

– OPPENHEIMER

CLAVIS AUREA
OS REGISTROS DE FEYNMAN

VOL. 4

13

PEDAÇO POR PEDAÇO

"A TERRA, AS ESTRELAS, O SOL, A ETERNIDADE...
TUDO ISSO, EM MINHAS MÃOS."

– OPPENHEIMER

CLAVIS AUREA
OS REGISTROS DE FEYNMAN

VOL. 4

PROJETO GAIA

A evolução humana tem uma enorme vantagem sobre nós...
Por isso, precisamos ser *muuuito agressivos* se quisermos tomar a dianteira.
Certo...
Mas, na verdade, eu esperava uma solução mais elegante. Ou, no mínimo... *menos suja*.
A natureza é suja, Richard. Se o objetivo é transformar geneticamente - *e para sempre* - a humanidade em algo melhor, não podemos considerar apenas o que faz de nós... o que **somos**.
Também devemos estudar o assunto em oposição ao que não somos.
Claro.
Razão pela qual viajamos em segredo pelo portal pra chegar a outros mundos. Sair em safáris alienígenas à procura de xenomaterial exótico é, *sem dúvida*, o ponto alto deste trabalho.
Eu só estou comentando que... este lugar parece um açougue extraterrestre.
Humpf! Uma boa incisão é necessária para uma análise adequada, Doutor! Eu só tento ser o mais perfeito possível.

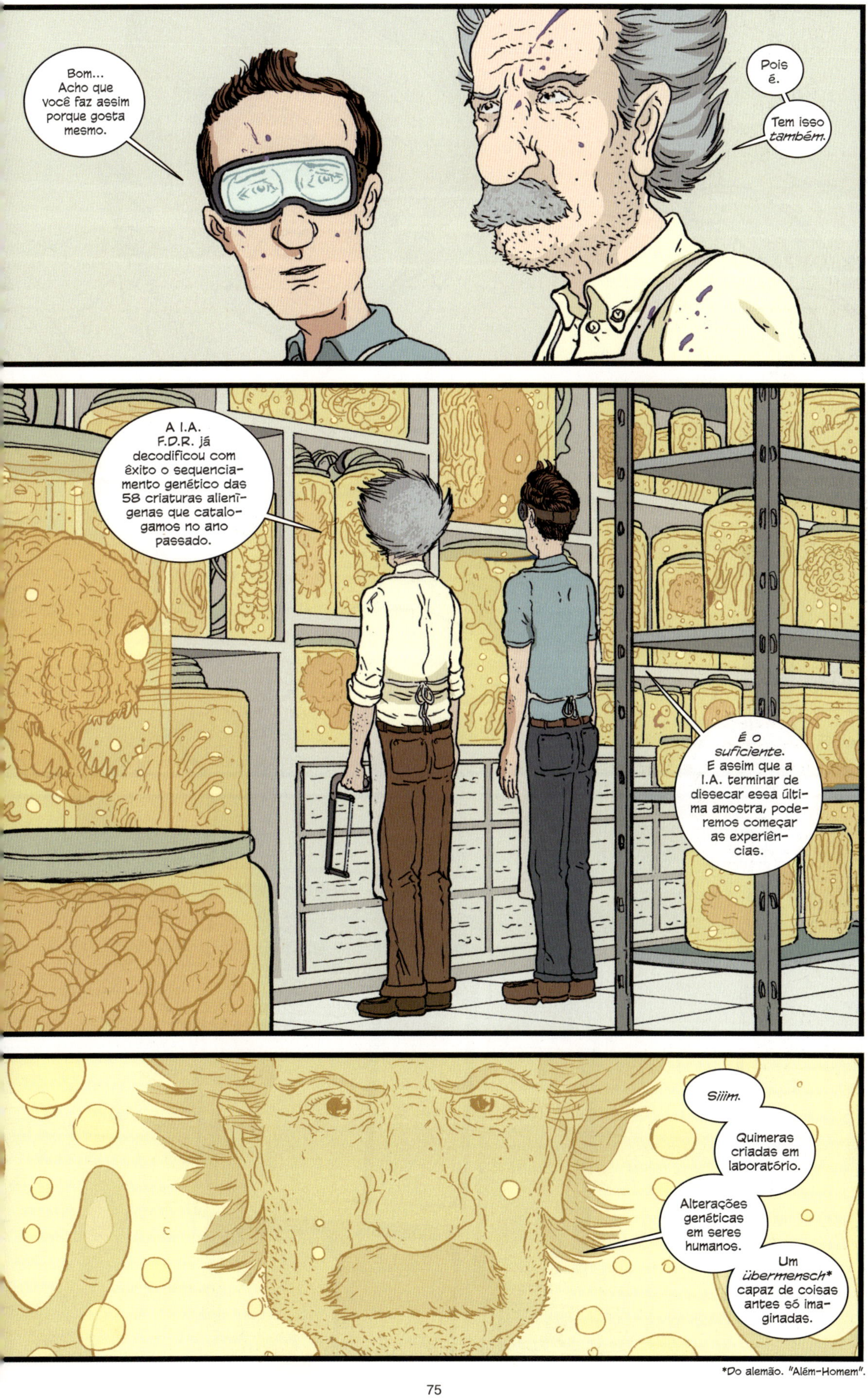

*Do alemão. "Além-Homem".

Tudo graças ao seu exemplo, Doutor Fermi.
Você foi uma inspiração.

Então, obrigado por pavimentar o caminho do nosso futuro, meu amigo... e considere sua dívida conosco... paga.

ROJETO ARES

A Lua.
Em Klushino, dizíamos que... "Quando chove, você se afoga!"
Prepare as lágrimas, Laika.
Que exagero, Yuri. Você provavelmente vai me trocar por um desses vergonhosos macacos astronautas americanos assim que eu partir.
Agora vá, ou perderei minha janela de lança-mento.
Certo, Doutor Von Braun...
Pode começar a contagem regressiva.
10...
9...
8...
7...
6...
5...

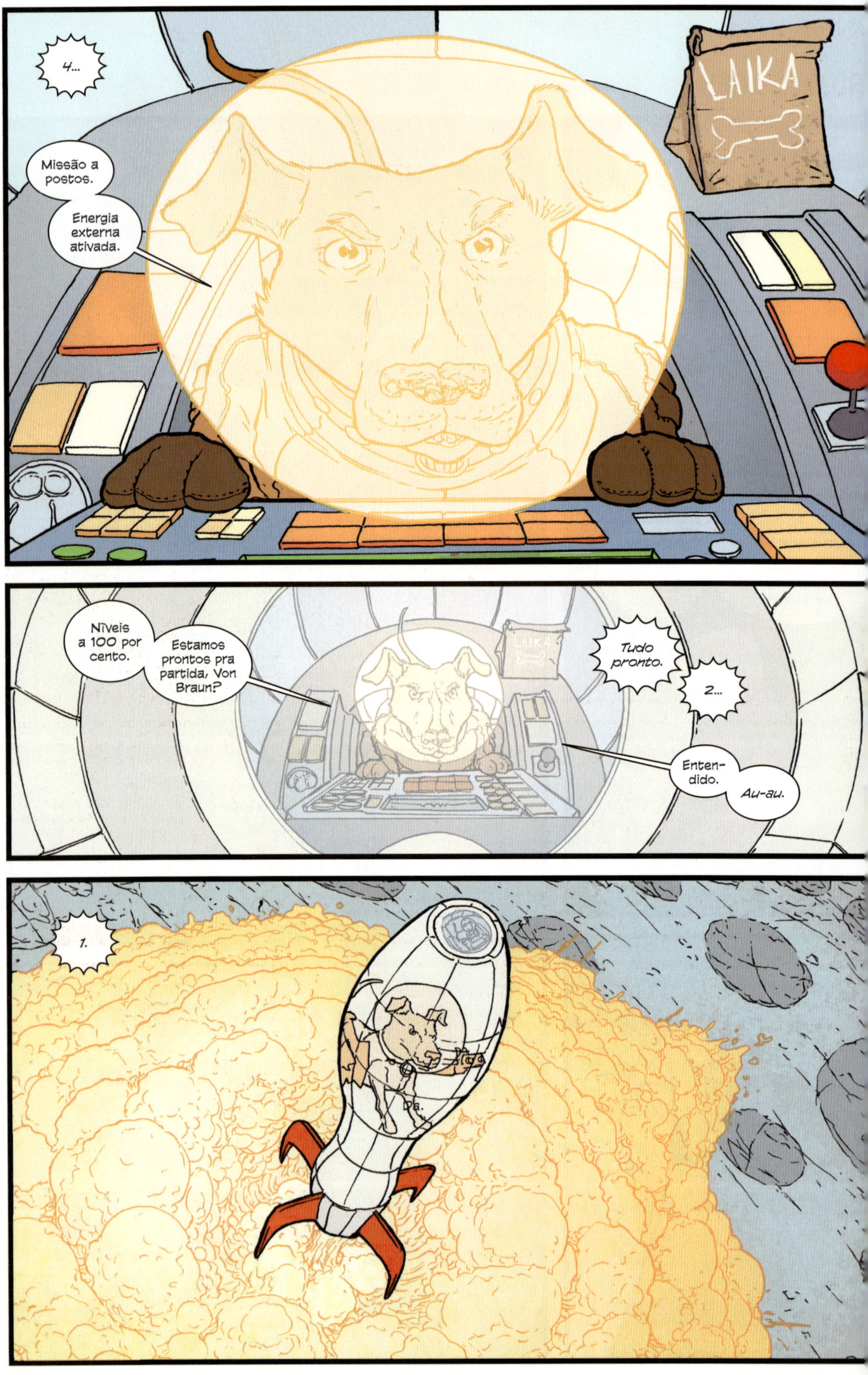
4...
Missão a postos.
Energia externa ativada.
LAIKA
Níveis a 100 por cento.
Estamos prontos pra partida, Von Braun?
Tudo pronto.
2...
Enten-dido.
Au-au.
1.

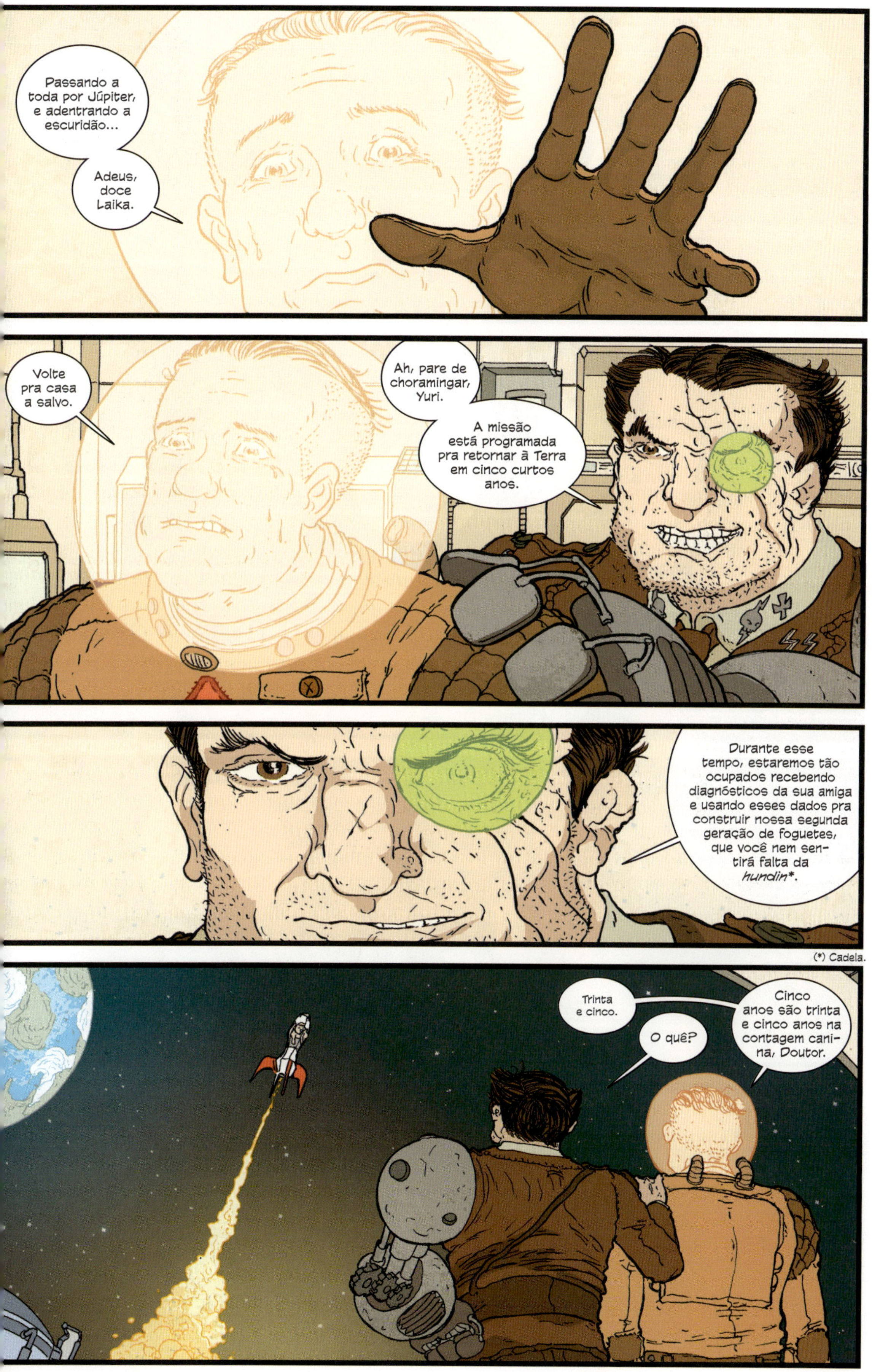

Passando a toda por Júpiter, e adentrando a escuridão...
Adeus, doce Laika.
Volte pra casa a salvo.
Ah, pare de choramingar, Yuri.
A missão está programada pra retornar à Terra em cinco curtos anos.
Durante esse tempo, estaremos tão ocupados recebendo diagnósticos da sua amiga e usando esses dados pra construir nossa segunda geração de foguetes, que você nem sentirá falta da *hundin**.
Trinta e cinco.
O quê?
Cinco anos são trinta e cinco anos na contagem canina, Doutor.

(*) Cadela.

Tanto faz, Yuri. Nossos foguetes movidos a energia nuclear levarão a humanidade ainda mais longe no espaço do que qualquer outra coisa que já lançamos antes.
Quando concluirmos a segunda fase, haverá *humanos* a bordo, Yuri.
Nós estaremos a bordo.
Confie em mim... Tudo isso valerá a pena.
E se eu sentir medo à noite?

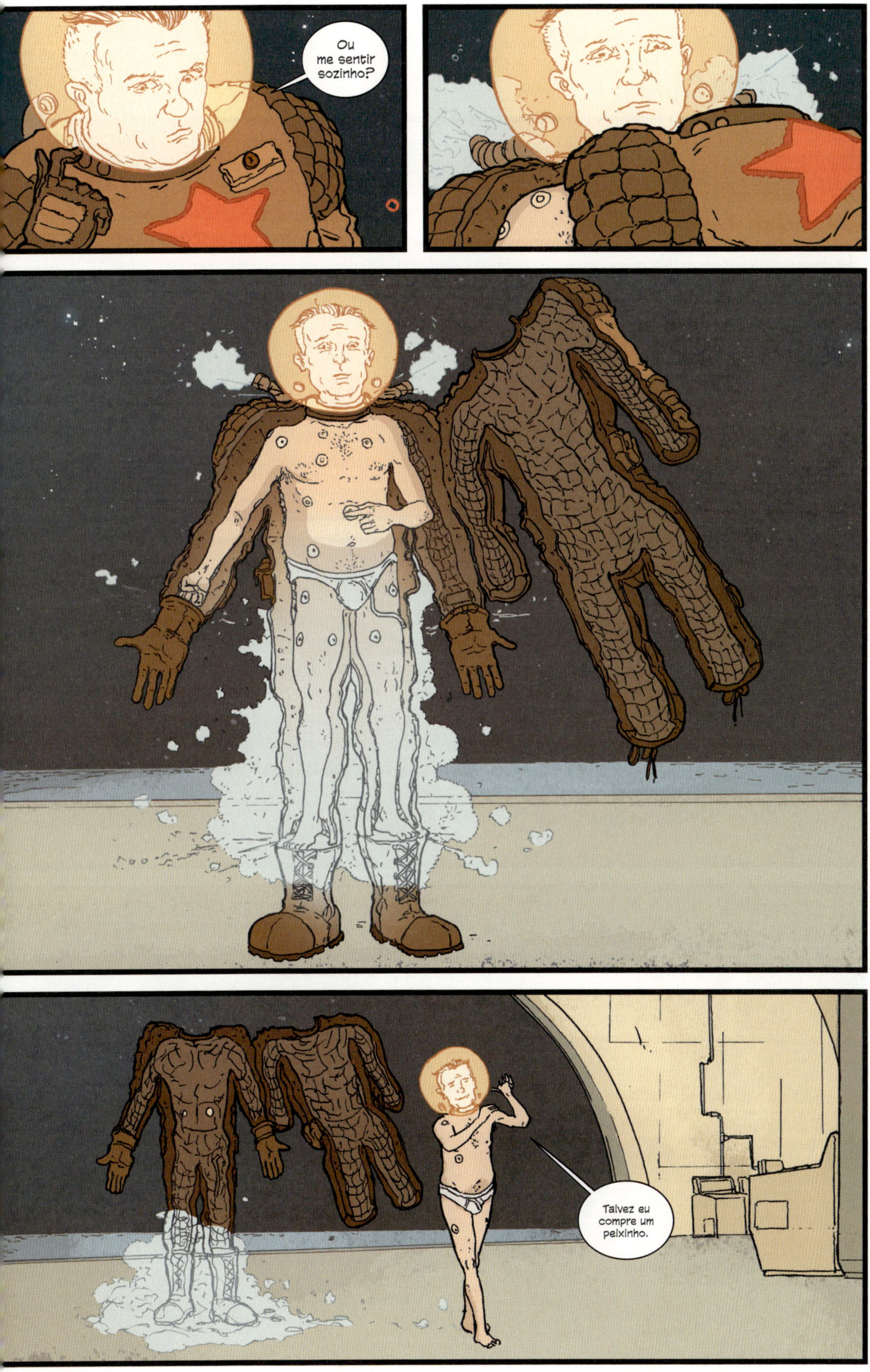
Ou me sentir sozinho?
Talvez eu compre um peixinho.

PROJETO VULCANO

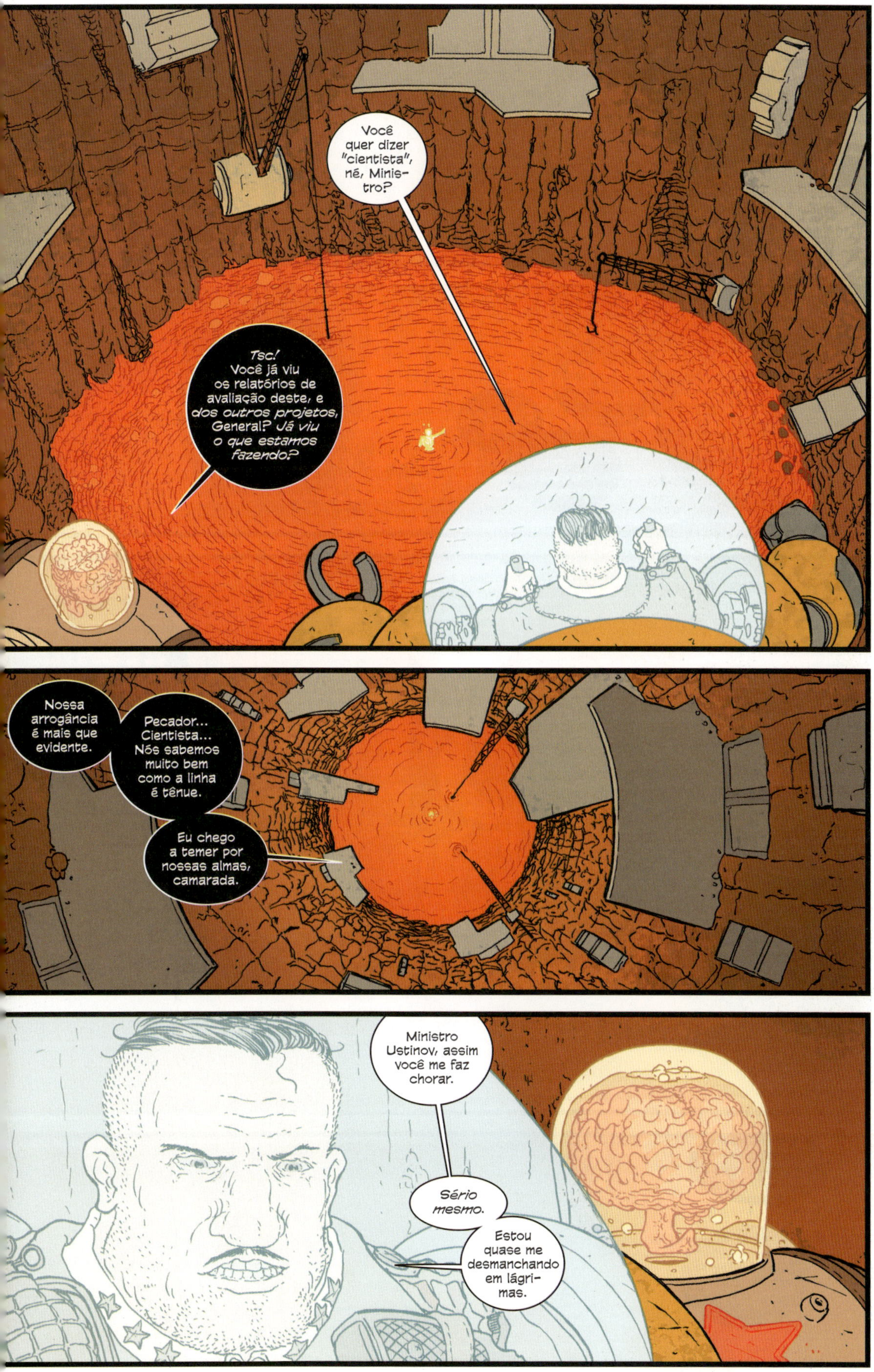
Você quer dizer "cientista", né, Ministro?
Tsc! Você já viu os relatórios de avaliação deste, e dos outros projetos, General? Já viu o que estamos fazendo?
Nossa arrogância é mais que evidente.
Pecador... Cientista... Nós sabemos muito bem como a linha é tênue.
Eu chego a temer por nossas almas, camarada.
Ministro Ustinov, assim você me faz chorar.
Sério mesmo.
Estou quase me desmanchando em lágrimas.

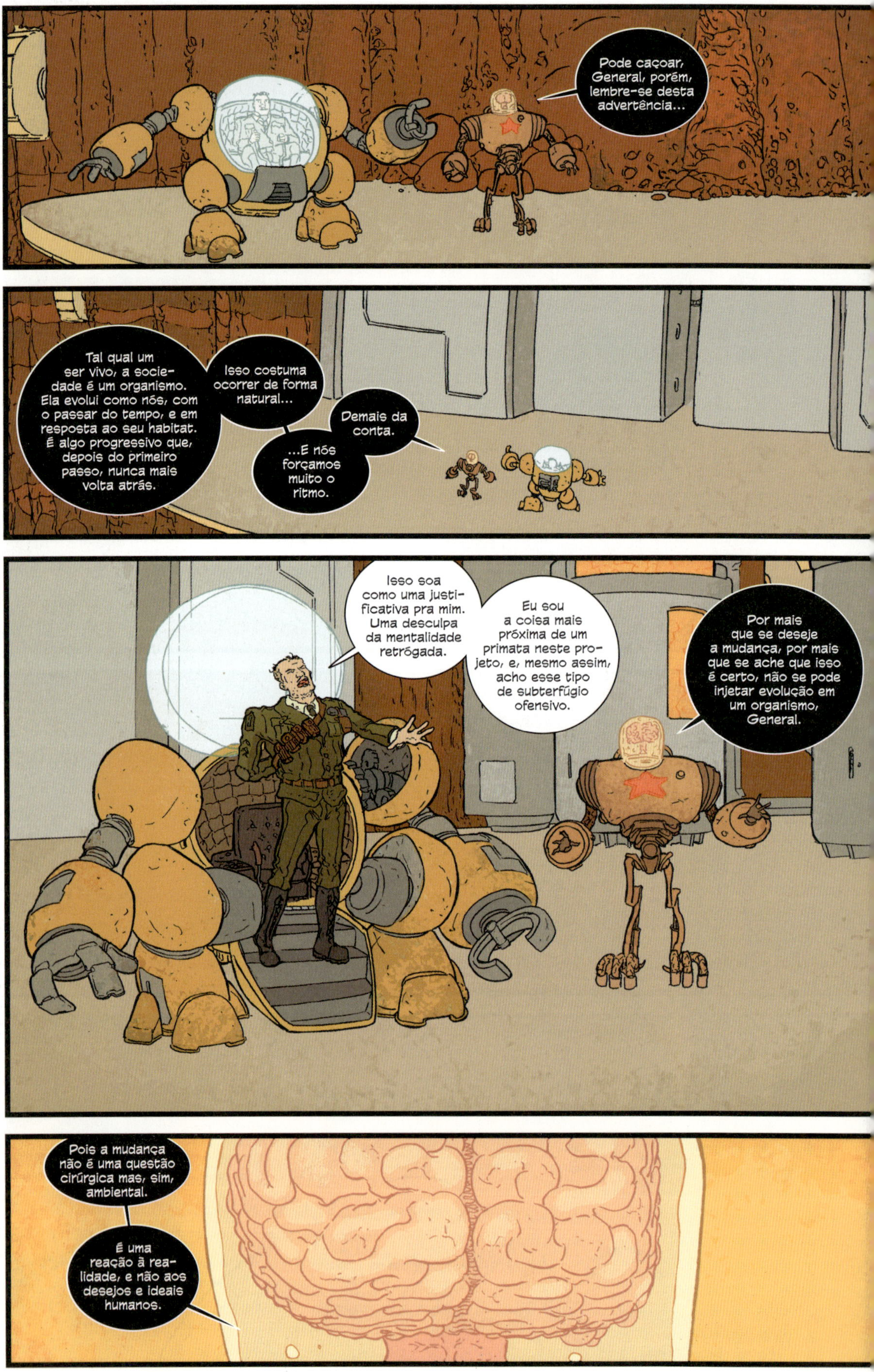
Pode caçoar, General, porém, lembre-se desta advertência...
Tal qual um ser vivo, a sociedade é um organismo. Ela evolui como nós, com o passar do tempo, e em resposta ao seu habitat. É algo progressivo que, depois do primeiro passo, nunca mais volta atrás.
Isso costuma ocorrer de forma natural...
...E nós forçamos muito o ritmo.
Demais da conta.
Isso soa como uma justificativa pra mim. Uma desculpa da mentalidade retrógada.
Eu sou a coisa mais próxima de um primata neste projeto, e, mesmo assim, acho esse tipo de subterfúgio ofensivo.
Por mais que se deseje a mudança, por mais que se ache que isso é certo, não se pode injetar evolução em um organismo, General.
Pois a mudança não é uma questão cirúrgica mas, sim, ambiental.
É uma reação à realidade, e não aos desejos e ideais humanos.

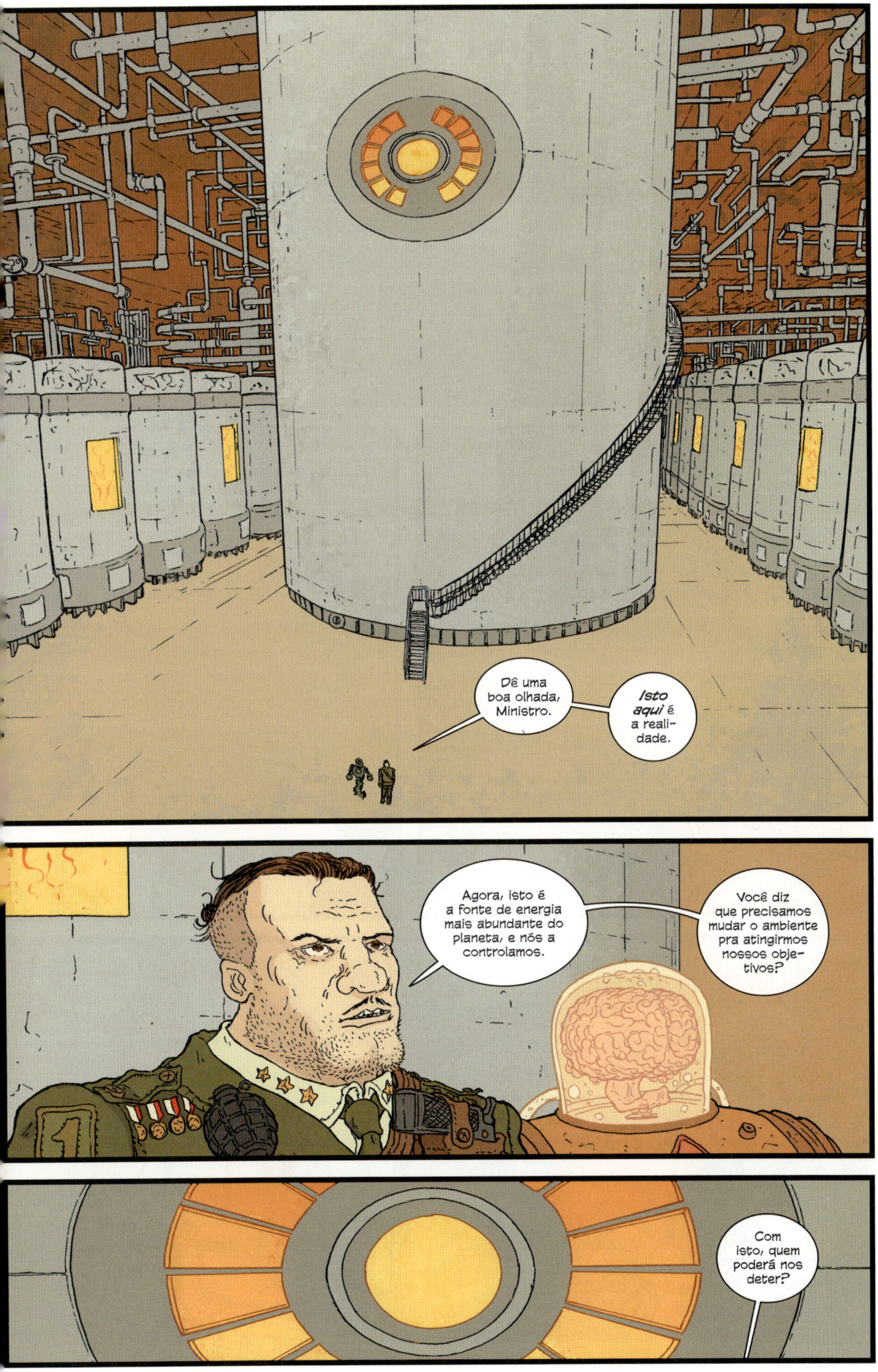

Dê uma boa olhada, Ministro.
Isto aqui é a realidade.
Agora, isto é a fonte de energia mais abundante do planeta, e nós a controlamos.
Você diz que precisamos mudar o ambiente pra atingirmos nossos objetivos?
Com isto, quem poderá nos deter?

A Casa Branca.
Me dê um segundo.
Não me sinto bem, Doutor...
O sssssssenhor presssidente precisa tomar sseu remédio.
Claro, senhor. Não se apresse.
Talvez seja melhor mesmo o senhor estar bem disposto para o que eu vou lhe mostrar.
Me passa isso.
Tem certeza, Sr.?
Keep'n it Real, John F. Kennedy
Já estou curado, homem... Não notou?
Não tem nada aqui que possa me deixar...
Felix TEQUILA!

Minha Nossa Senhora da...
Ex-nazistas já são uma coisa grave, mas comunistas ateus e cruéis...
Bem, isso já passa um pouco dos limites.
Felix Tequila
No que diabos o Groves está pensando, Doutor Oppenheimer?
Hummm.
Em assuntos muito perturbadores, Senhor Presidente.
Assuntos extremamente perturbadores.
Hummmm. Algo tem que ser feito... O Sr. não acha?

PROJETO CARONTE

Feche essa maldita boca e só abra novamente quando eu mandar.
Isso. Guarde seus segredos. Ninguém gosta do alienígena mesmo...
Mas o que você pretende fazer quando for pego?
Gente poderosa não tolera ser manipulada, e aposto que os cientistas do Projeto Manhattan não vão engolir esse desaforo de jeito nenhum.
Afinal, eu sou a prova disso.
Você ouviu, Doutor?
Ele acha que você vai ser pego.

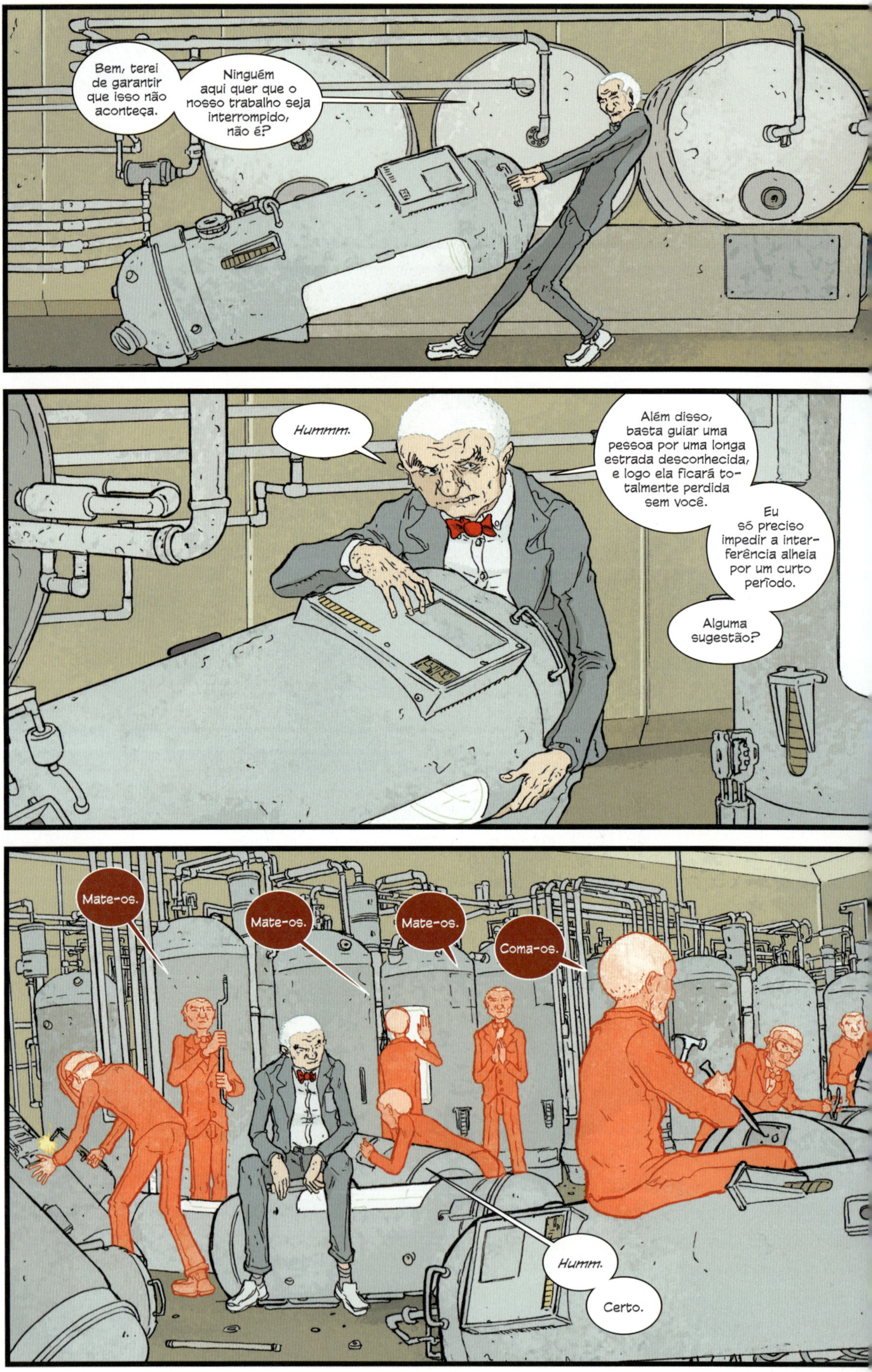
Bem, terei de garantir que isso não aconteça.
Ninguém aqui quer que o nosso trabalho seja interrompido, não é?
Hummm.
Além disso, basta guiar uma pessoa por uma longa estrada desconhecida, e logo ela ficará totalmente perdida sem você.
Eu só preciso impedir a interferência alheia por um curto período.
Alguma sugestão?
Mate-os.
Mate-os.
Mate-os.
Coma-os.
Humm.
Certo.

"NÓS CONHECEMOS O INFINDÁVEL OPPENHEIMER E ISSO NOS APAVOROU.

IMAGINE NOSSO HORROR QUANDO DESCOBRIMOS QUE ELE ERA INFINITO."

CLAVIS AUREA
OS REGISTROS DE FEYNMAN

VOL. 4

ISSO SÃO
ORELHAS?

"AS COISAS SE DIVIDEM. É APENAS A GRAVIDADE QUE AS REÚNE NOVAMENTE...

E NÃO TÍNHAMOS NENHUM CENTRO."

CLAVIS AUREA
OS REGISTROS DE FEYNMAN

VOL. 3

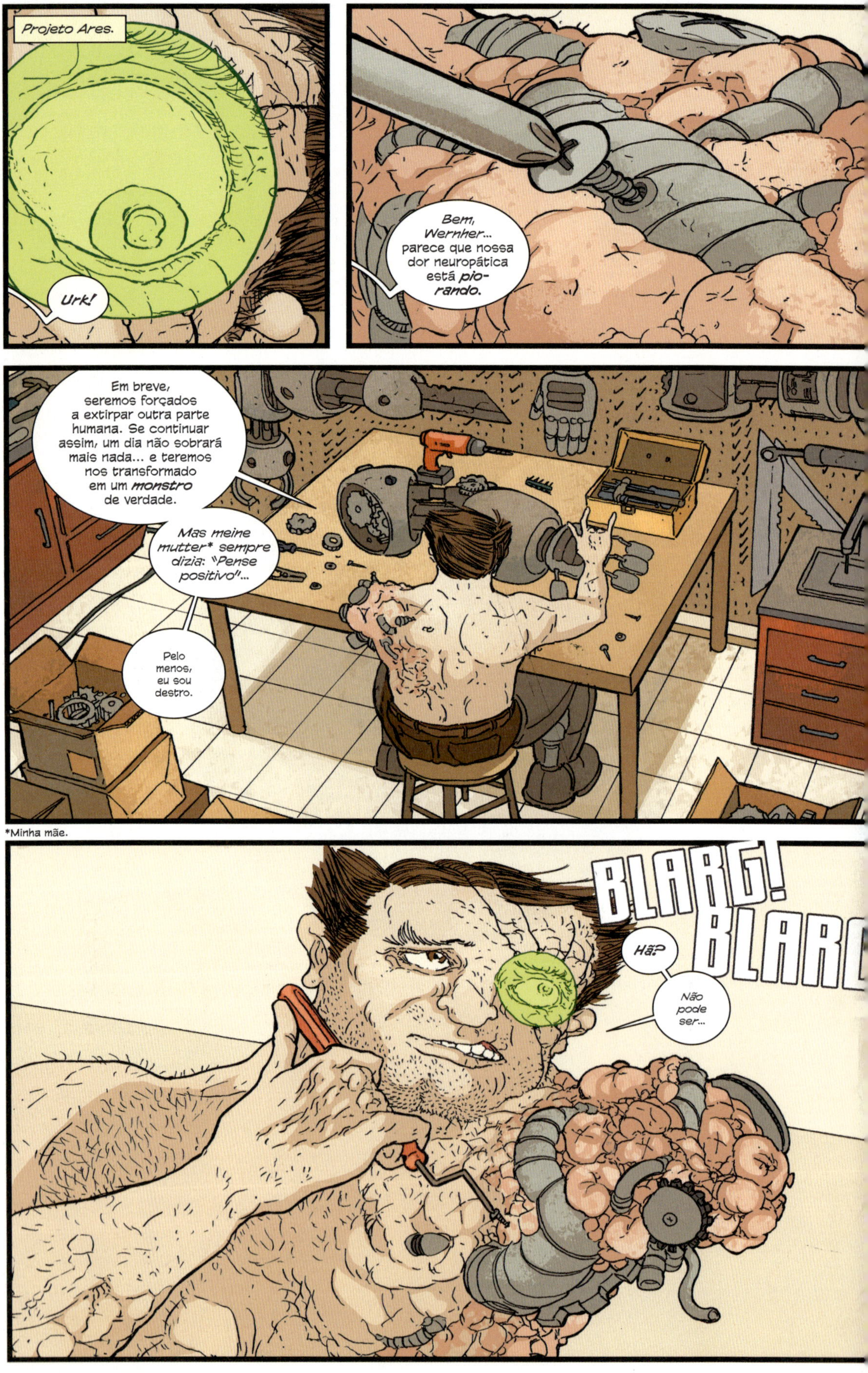
Projeto Ares.
Urk!
Bem, Wernher... parece que nossa dor neuropática está piorando.
Em breve, seremos forçados a extirpar outra parte humana. Se continuar assim, um dia não sobrará mais nada... e teremos nos transformado em um *monstro* de verdade.
Mas meine mutter sempre dizia: "Pense positivo"...*
Pelo menos, eu sou destro.
*Minha mãe.
BLARG! BLARG
Hã?
Não pode ser...

BLARG! BLARG!
O que você acha, Doutor?
Isso é ruim, Yuri... É cedo demais...
"O primeiro pacote de dados da Laika só deveria chegar daqui a um mês."
GRRRRR.
"Receio que sejam más notícias."
Pode ser.
Ou, talvez, ela sinta minha falta.
"Às vezes, acho que você não tem a capacidade de entender relações complexas, Doutor."
RUH-RRRRR?
00.45
00.125
BE-DOOP!
"Afinal, a cereja do bolo da vida certamente não é de combustível de foguete."

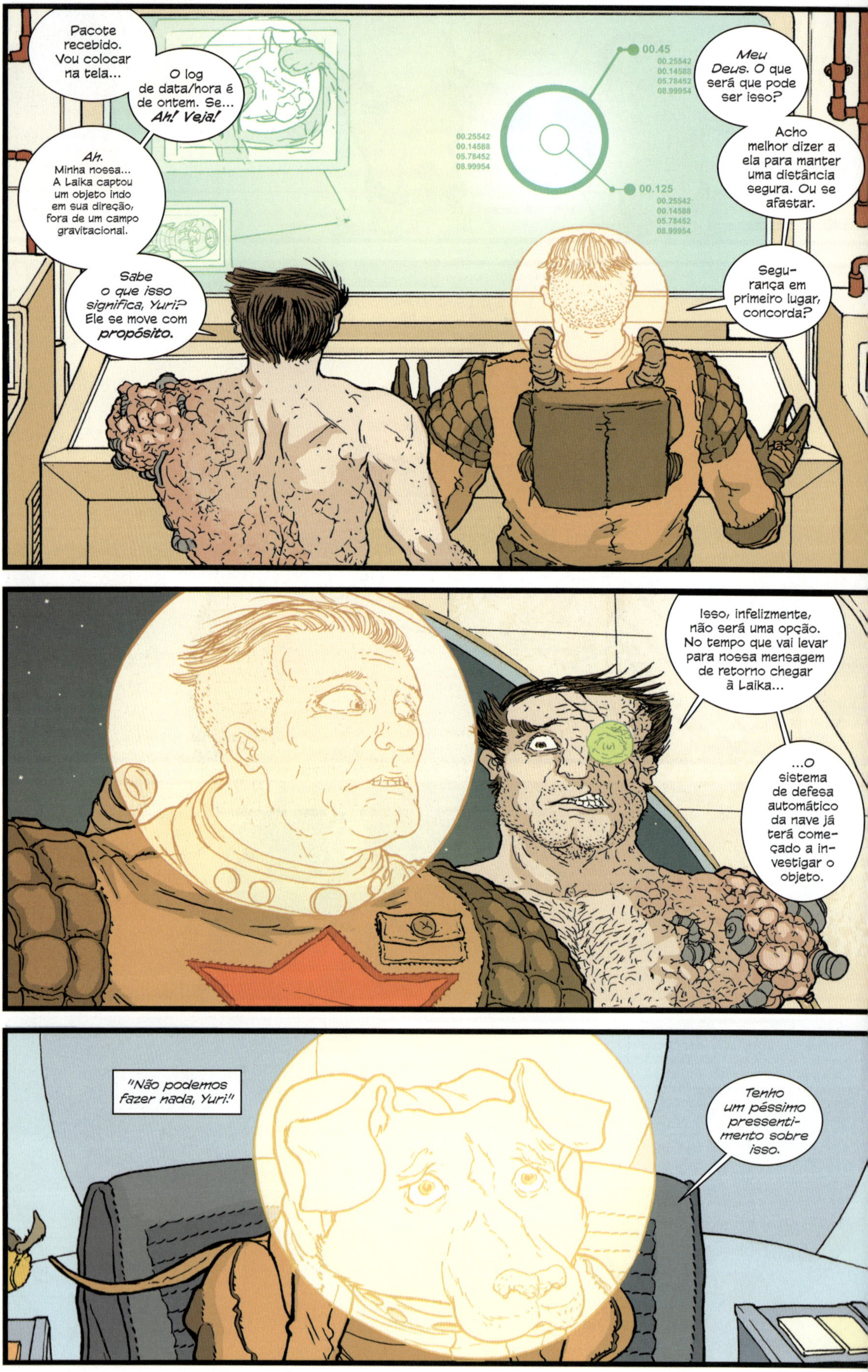
Pacote recebido. Vou colocar na tela...
O log de data/hora é de ontem. Se... *Ah! Veja!*
Ah. Minha nossa... A Laika captou um objeto indo em sua direção, fora de um campo gravitacional.
Sabe o que isso significa, Yuri? Ele se move com **propósito.**
00.45
00.25542
00.14588
05.78452
08.99954
00.25542
00.14588
05.78452
08.99954
00.125
00.25542
00.14588
05.78452
08.99954
Meu Deus. O que será que pode ser isso?
Acho melhor dizer a ela para manter uma distância segura. Ou se afastar.
Segurança em primeiro lugar, concorda?
Isso, infelizmente, não será uma opção. No tempo que vai levar para nossa mensagem de retorno chegar à Laika...
...O sistema de defesa automático da nave já terá começado a investigar o objeto.
"Não podemos fazer nada, Yuri."
Tenho um péssimo pressentimento sobre isso.

"NÓS NÃO FALAMOS DA CADELA.

NUNCA TOCAMOS NESSA DROGA DE ASSUNTO."

CLAVIS AUREA
OS REGISTROS DE FEYNMAN

VOL. 4

14

EM DIREÇÃO ÀS ALTURAS

Projeto Gaia.
Ora, vejam só isso...
Que gesto amável.
Doutor, você não vai acreditar no que acabou de chegar.
Um presente... da Casa Branca. Do Presidente.
Está escrito: "Só do bom e do melhor para os meus melhores cérebros. Agradeço o esforço. Não façam nada que eu não faria! Atenciosamente, Jack."
Não é o máximo?
O que será que é...
Mar.
Mar.
Marvilhoso.

*) Maravilhoso!

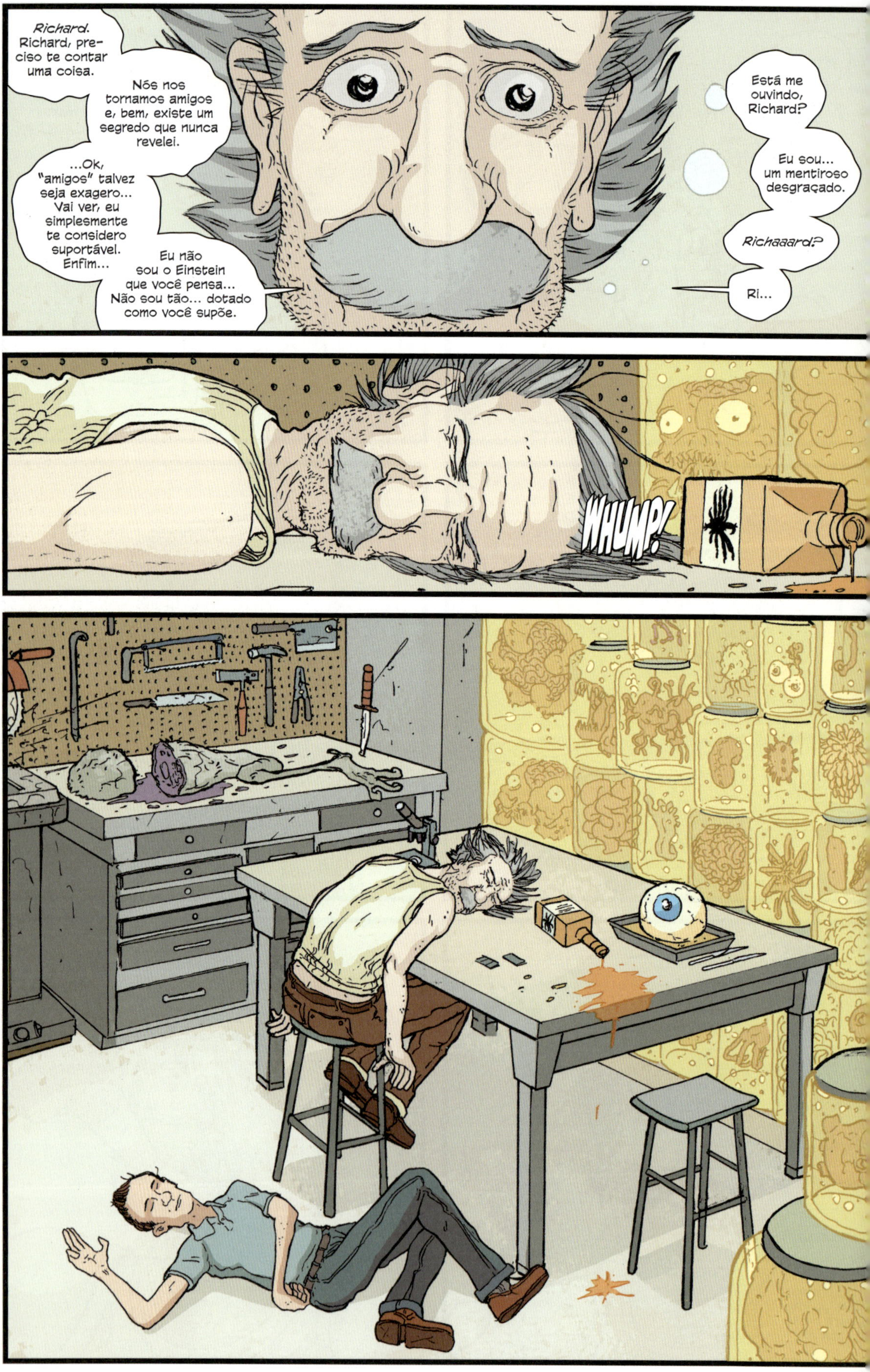
Richard. Richard, preciso te contar uma coisa.
Nós nos tornamos amigos e, bem, existe um segredo que nunca revelei.
...Ok, "amigos" talvez seja exagero... Vai ver, eu simplesmente te considero suportável. Enfim...
Eu não sou o Einstein que você pensa... Não sou tão... dotado como você supõe.
Está me ouvindo, Richard?
Eu sou... um mentiroso desgraçado.
Richaaard?
Ri...
WHUMP!

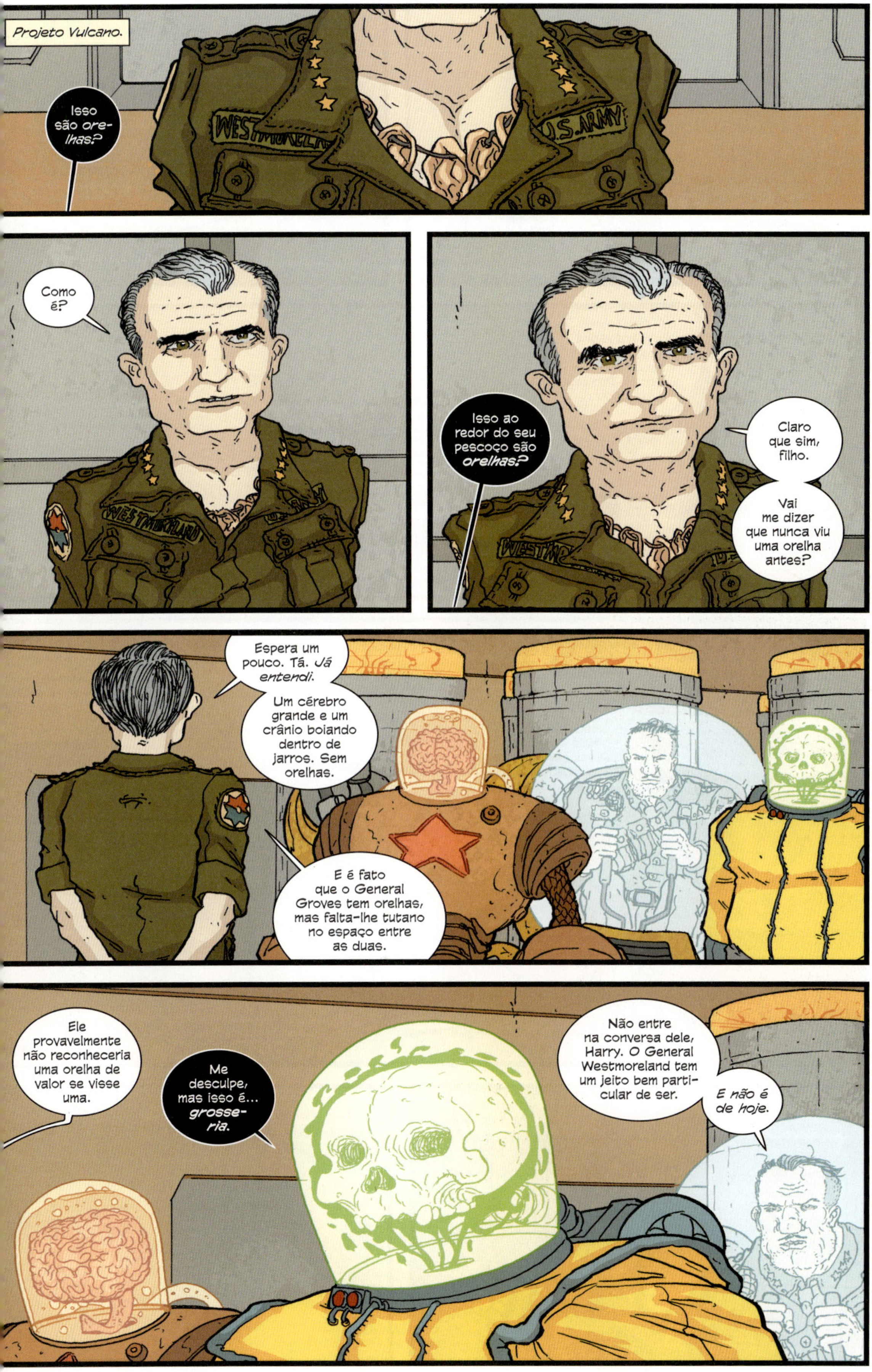

Projeto Vulcano.
Isso são *orelhas?*
Como é?
Isso ao redor do seu pescoço são *orelhas?*
Claro que sim, filho.
Vai me dizer que nunca viu uma orelha antes?
Espera um pouco. Tá. *Já entendi.*
Um cérebro grande e um crânio boiando dentro de jarros. Sem orelhas.
E é fato que o General Groves tem orelhas, mas falta-lhe tutano no espaço entre as duas.
Ele provavelmente não reconheceria uma orelha de valor se visse uma.
Me desculpe, mas isso é... *grosseria.*
Não entre na conversa dele, Harry. O General Westmoreland tem um jeito bem particular de ser.
E não é de hoje.

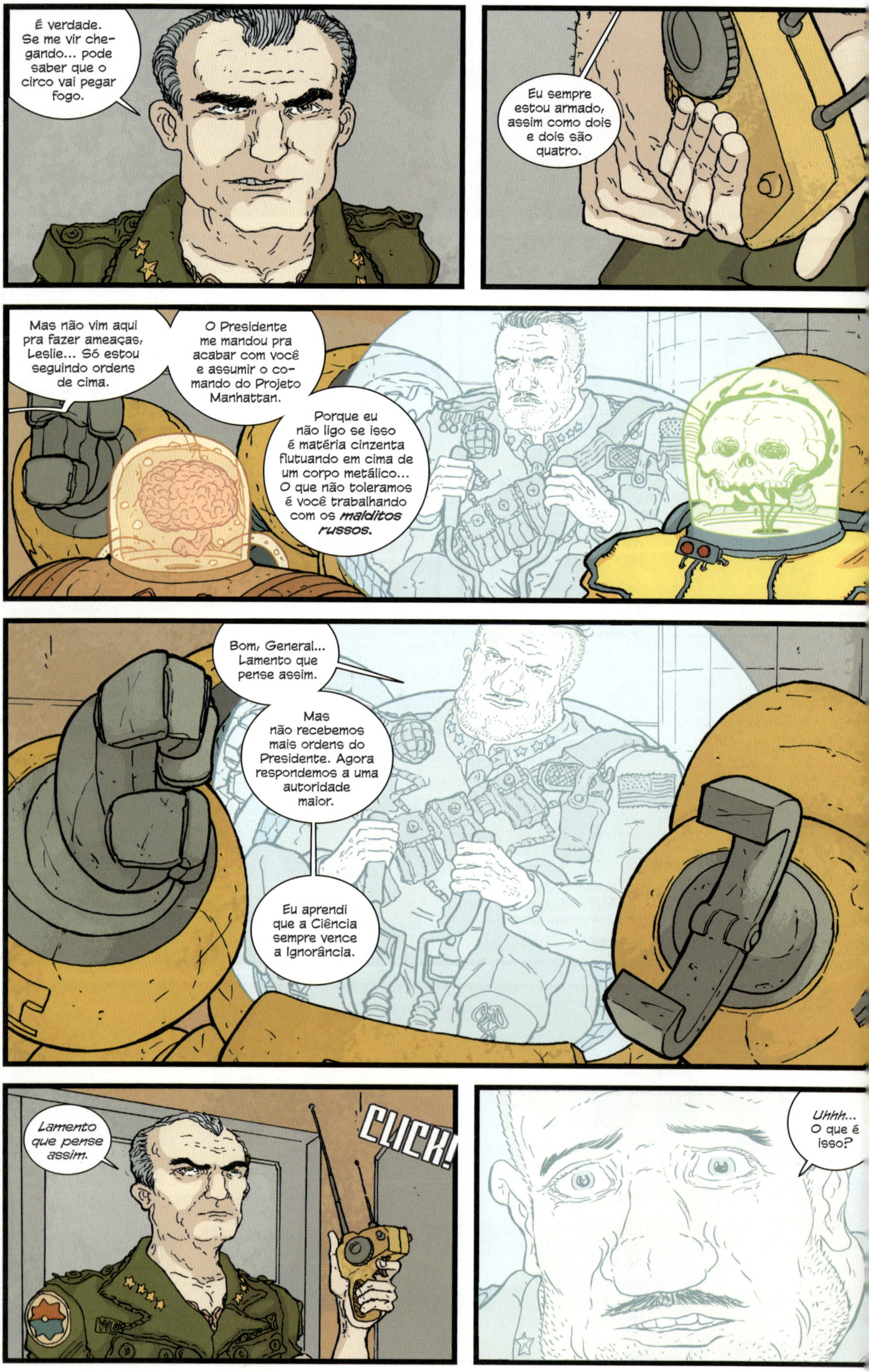
É verdade. Se me vir chegando... pode saber que o circo vai pegar fogo.
Eu sempre estou armado, assim como dois e dois são quatro.
Mas não vim aqui pra fazer ameaças, Leslie... Só estou seguindo ordens de cima.
O Presidente me mandou pra acabar com você e assumir o comando do Projeto Manhattan.
Porque eu não ligo se isso é matéria cinzenta flutuando em cima de um corpo metálico... O que não toleramos é você trabalhando com os *malditos russos*.
Bom, General... Lamento que pense assim.
Mas não recebemos mais ordens do Presidente. Agora respondemos a uma autoridade maior.
Eu aprendi que a Ciência sempre vence a Ignorância.
Lamento que pense assim.
CLICK!
Uhhh... O que é isso?

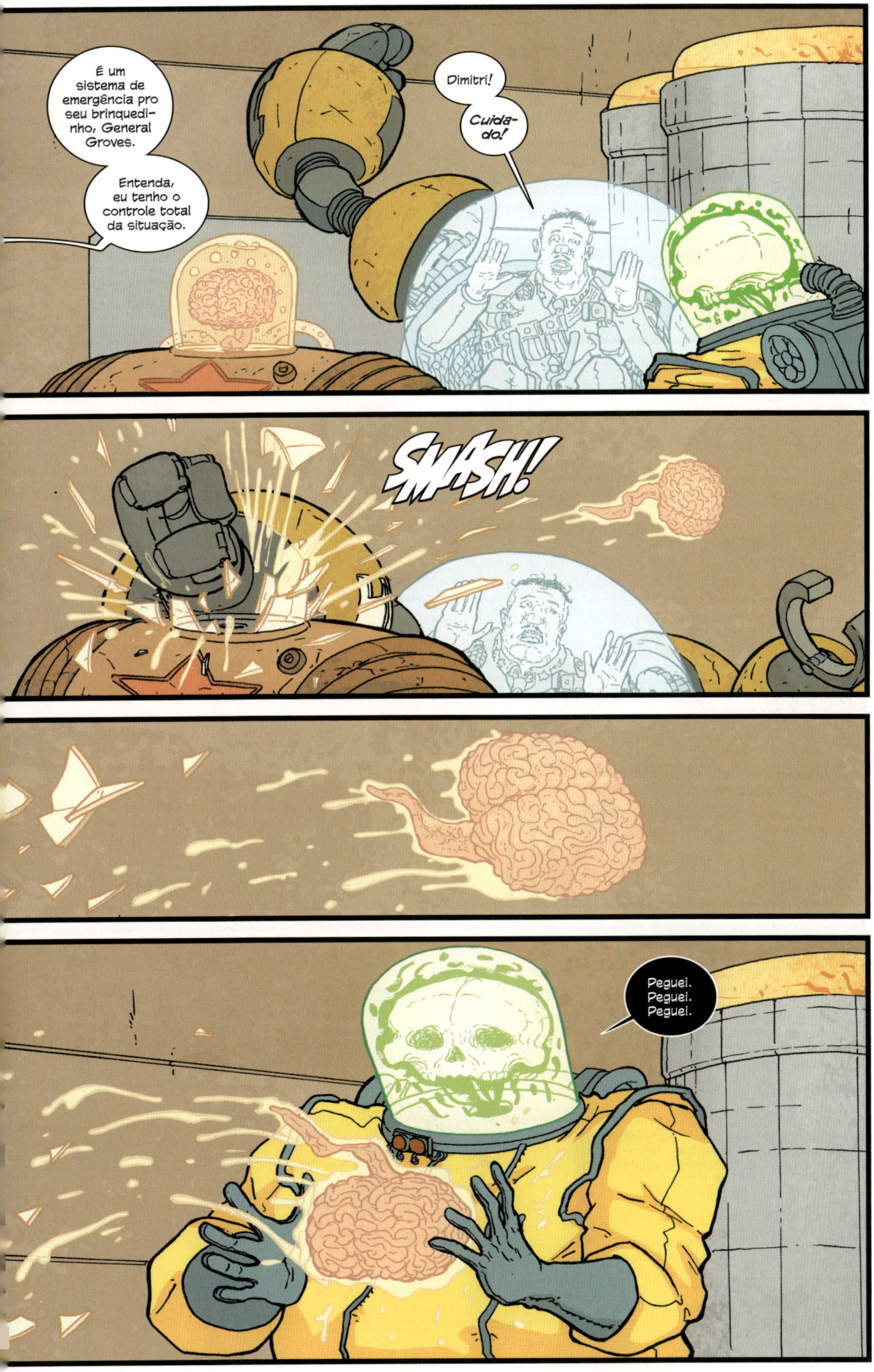
É um sistema de emergência pro seu brinquedi-nho, General Groves.
Entenda, eu tenho o controle total da situação.
Dimitri!
Cuida-do!
SMASH!
Peguei. Peguei. Peguei.

SQUISH!
!
Spasibo*, General.
Aqui é o General Westmoreland. Já estamos a caminho.
Por favor, deixem uma cápsula de contenção pronta pro Ministro...
Mas preparem-se pra destruí-lo se eu não fornecer os códigos de acesso quando chegarmos à superfície. Fui claro?
Sim, Sr.
Suponho que agora todos virão de forma pacífica...
Não queremos que nenhuma tragédia aconteça hoje, certo?

(*) Obrigado.

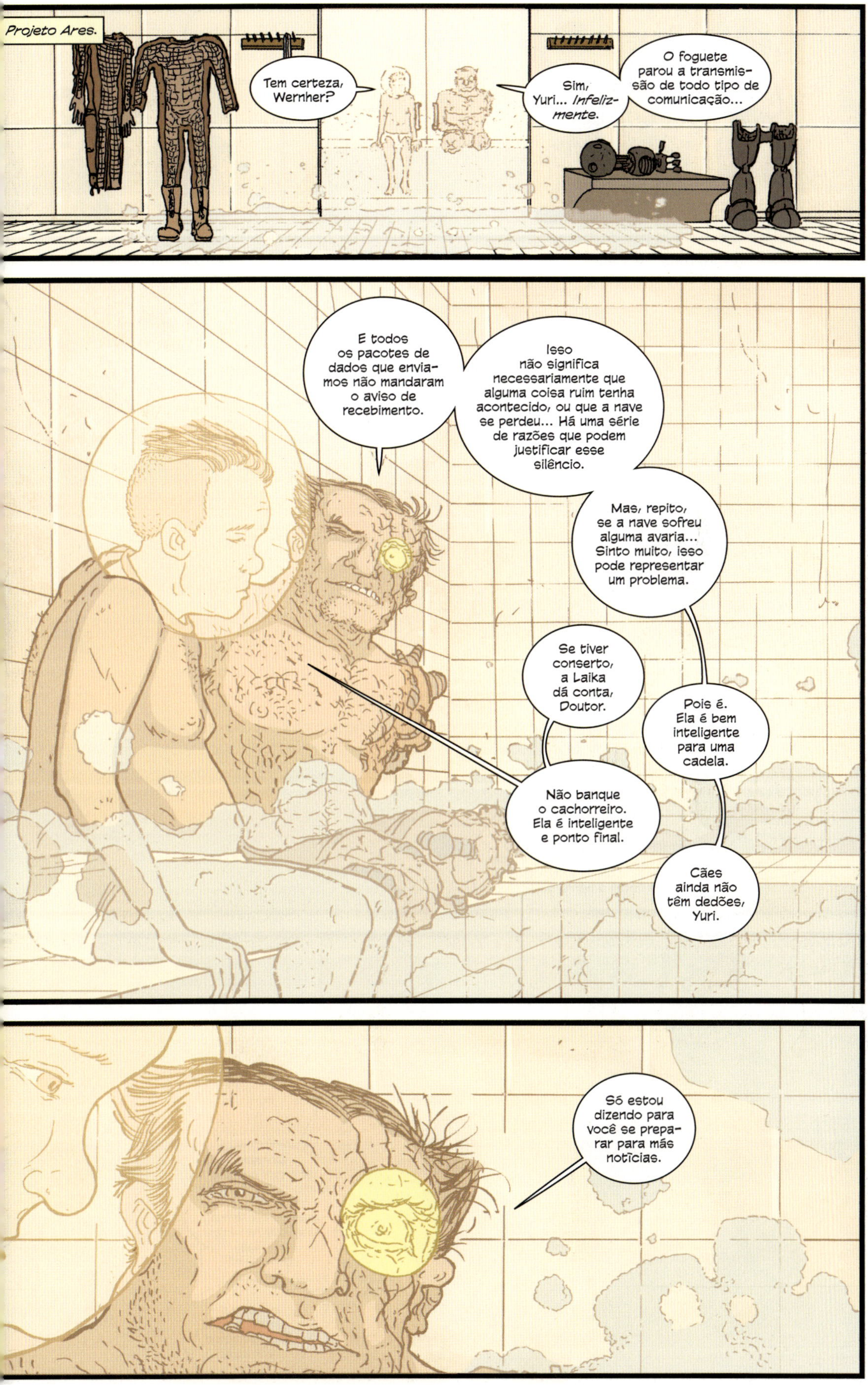
Projeto Ares.
Tem certeza, Wernher?
Sim, Yuri... *Infelizmente*.
O foguete parou a transmissão de todo tipo de comunicação...
E todos os pacotes de dados que enviamos não mandaram o aviso de recebimento.
Isso não significa necessariamente que alguma coisa ruim tenha acontecido, ou que a nave se perdeu... Há uma série de razões que podem justificar esse silêncio.
Mas, repito, se a nave sofreu alguma avaria... Sinto muito, isso pode representar um problema.
Se tiver conserto, a Laika dá conta, Doutor.
Não banque o cachorreiro. Ela é inteligente e ponto final.
Pois é. Ela é bem inteligente para uma cadela.
Cães ainda não têm dedões, Yuri.
Só estou dizendo para você se preparar para más notícias.

E tem como ficar pior do que isso?
Frrtjkts!
Foi mal.
Eu sei que todos aqui estamos contando histórias tristes, senhores.
Mas esta missão de limpeza que recebi tem sido a tarefa mais deprimente da minha vida...
E olha que passei anos na cidade de Ho Chi Minh.
Dá pra imaginar a decepção que um bom Americano como eu sentiu ao visitar o chefão e descobrir que um nazista e um cos-mo-nau-ta passaram a perna nele?
Corpos abertos em Los Alamos... Conspiração com o inimigo no centro da Terra... Nazistas na droga da Lua...
Essa coisa toda saiu completamente dos trilhos.
o que mais será que está acontecendo por aqui?

Los Alamos.
Uma semana depois.
Quase tenho medo de perguntar...
Mas acho que nenhum de vocês, gênios, sabe como nos tirar dessa, né?

Nós devíamos matá-los. Ouçam o que eu digo... É um erro deixar esses homens vivos.
Ah, por favor, General.
O Oppenheimer aqui nos garantiu que já tem tudo sob controle no Projeto Manhattan. Não é mesmo... Diretor?
Hummmmm.
Sim. E devo acrescentar que manter Richard, Harry e os outros com vida é fundamental. A sua base de conhecimento é... apetitosa...
Digo... Insubstituível.
Que bom. É exatamente o que eu queria ouvir.
Olha, a gente vai receber algumas garotas mais tarde. Quer ficar pra festa... e depois pra festinha privada?
Talvez um outro dia, Senhor Presidente...
Hummmmm.
Há muito trabalho a ser feito.

Espaço.
ZZZZZZZZZZZZ.
PING! PING! PING!
Huh?
GRRRRRRRRRR!

Projeto Ares.
Projeto Vulcano.
Projeto Gaia.
WILSON WISKEY

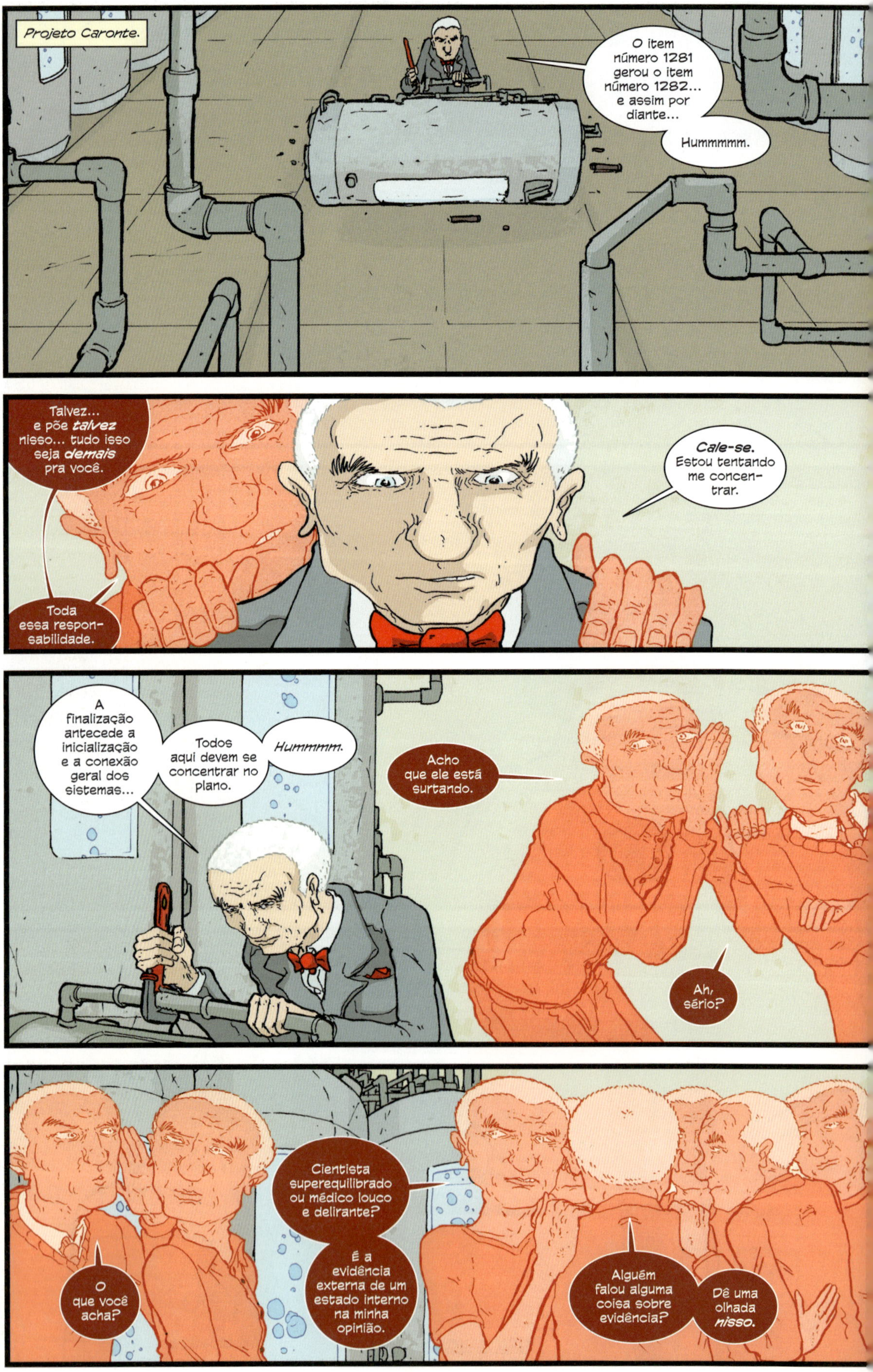
Projeto Caronte.
O item número 1281 gerou o item número 1282... e assim por diante...
Hummmmm.
Talvez... e põe *talvez* nisso... tudo isso seja *demais* pra você.
Toda essa responsabilidade.
Cale-se. Estou tentando me concentrar.
A finalização antecede a inicialização e a conexão geral dos sistemas...
Todos aqui devem se concentrar no plano.
Hummmmm.
Acho que ele está surtando.
Ah, sério?
O que você acha?
Cientista superequilibrado ou médico louco e delirante?
É a evidência externa de um estado interno na minha opinião.
Alguém falou alguma coisa sobre evidência?
Dê uma olhada *nisso.*

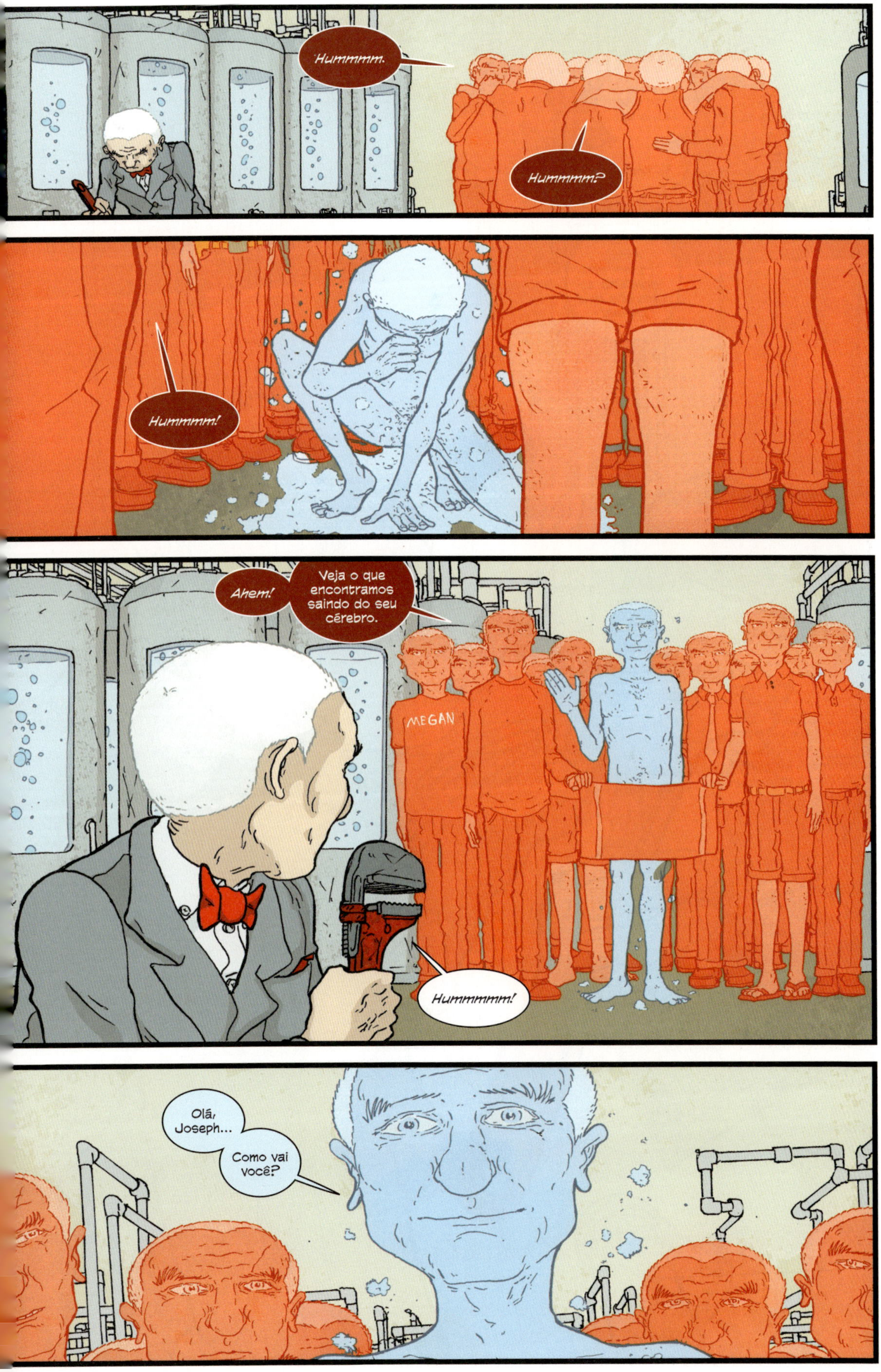
Hummmm.
Hummmm?
Hummmm!
Ahem!
Veja o que encontramos saindo do seu cérebro.
MEGAN
Hummmmm!
Olá, Joseph...
Como vai você?

O que posso dizer, *Robert?*
Hummmmm?
Estou ficando mais ***confuso*** a cada ***dia que passa!***

"ESTÁVAMOS TÃO OCUPADOS EM OBSERVAR A MÃO ESQUERDA DE OPPENHEIMER, QUE NEM PERCEBEMOS A FACA NA SUA MÃO DIREITA."

CLAVIS AUREA
OS REGISTROS DE FEYNMAN

VOL. 4

ELE AINDA COBIÇAVA

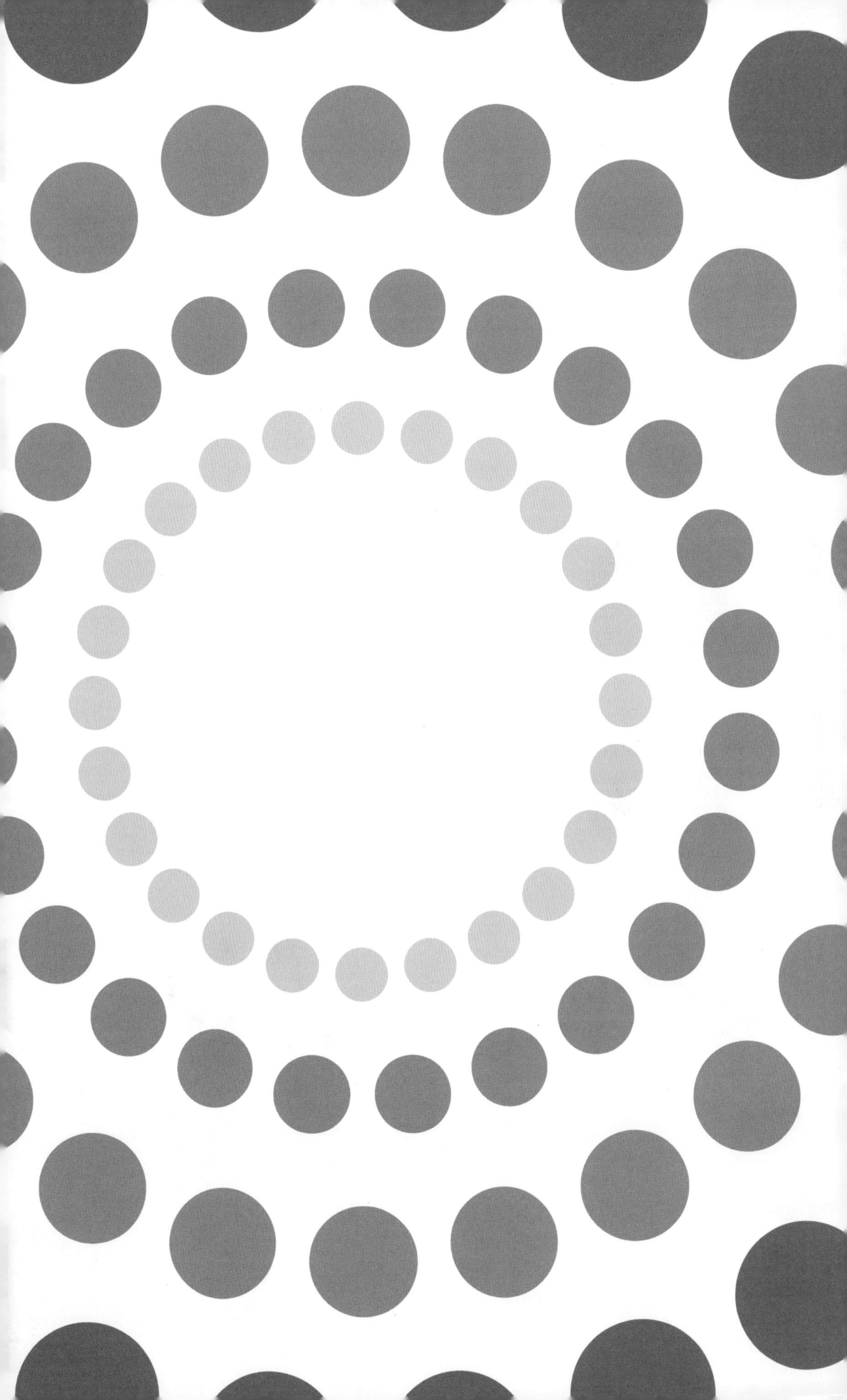

"O GRANDE OLHO DE JOSEPH VIGIAVA TODOS ELES. ISSO FOI A EVOLUÇÃO."

– OPPENHEIMER

CLAVIS AUREA
OS REGISTROS DE FEYNMAN

VOL. 3

Durante não-anos, no presente lugar, a batalha se **alastrou...** fora da **Cidade das Pirâmides.**
Hummm.
Hummm.
Hummm?
Eles lutaram no Vale, na Planície e na Ponte desmantelada.
Hummm.
Humm...
O mais perto que os Azuis chegaram foi da floresta ardente... **Até agora.**
Hummm!

O exército de Robert crescera. Ele formara os Azuis reunindo os olhos nefastos e cobiçosos de vários **simulacros deturpados...**

Mas o crescimento do exército de Joseph foi muito maior... **O que era delirante havia se tornado ainda mais delirante.**
Os **Azuis** de Robert encontraram os **Vermelhos** de Joseph além do Arco, na borda do que os sonhadores chamavam de Perímetro...

E assim, a Guerra Civil de Oppenheimer alcançou a **Cidade**.

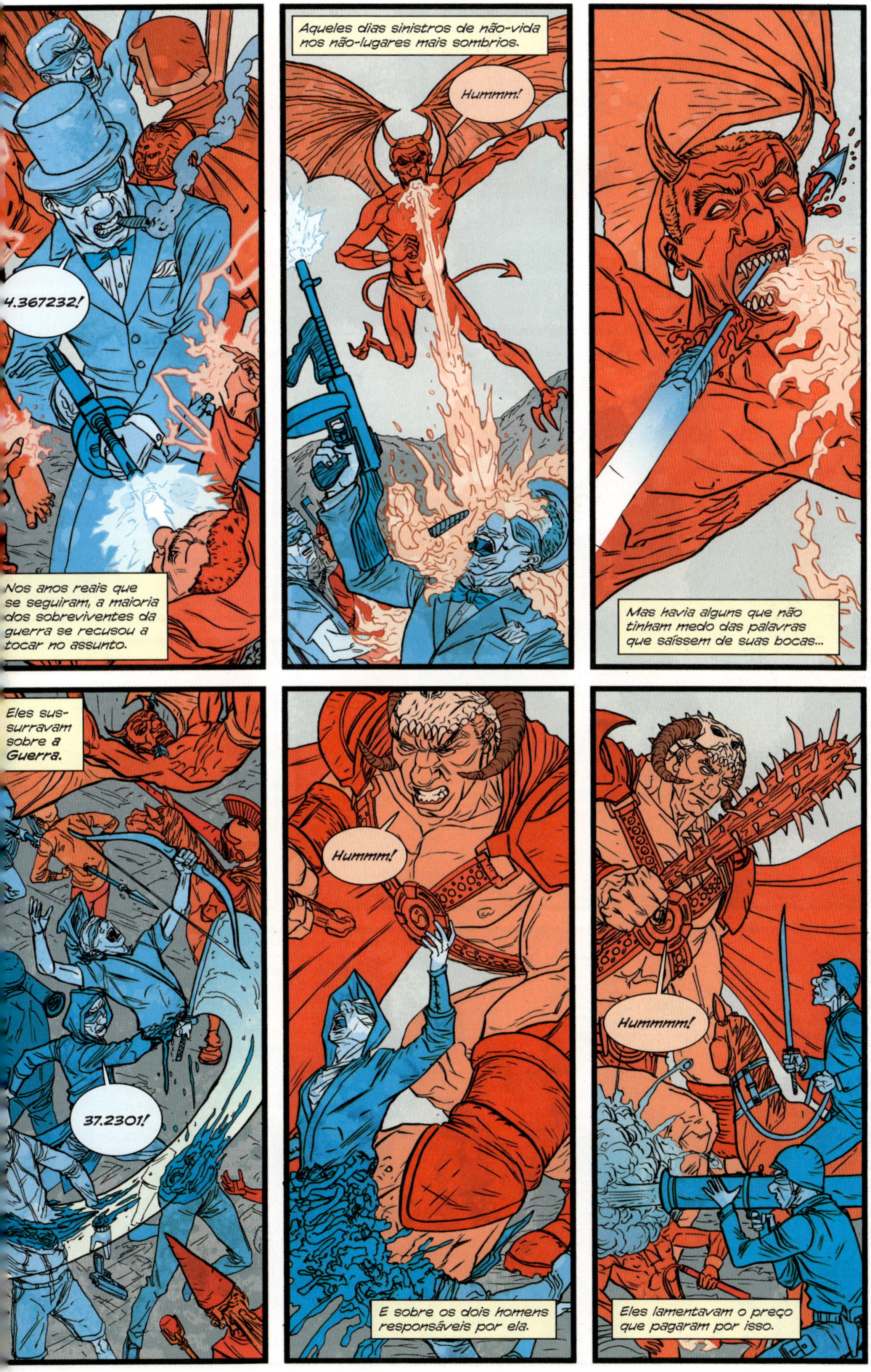
4.367232!
Nos anos reais que se seguiram, a maioria dos sobreviventes da guerra se recusou a tocar no assunto.
Aqueles dias sinistros de não-vida nos não-lugares mais sombrios.
Hummm!
Mas havia alguns que não tinham medo das palavras que saíssem de suas bocas...
Eles sussurravam sobre a Guerra.
37.2301!
Hummm!
E sobre os dois homens responsáveis por ela.
Hummmm!
Eles lamentavam o preço que pagaram por isso.

Hummmm.
Abaixe-se, gigante... Eu quero lhe mostrar uma coisa.
Hurf!
Hummmm!
Hummmm!
Não. É claro que não quero me render...
E... não, você também não pode me comer...
Você não ia gostar do meu sabor. Há um bocado de verdade na comida.
Viu?
HUMMMMM!!!

"O GRANDE OLHO DE JOSEPH VIGIAVA TODOS ELES. ISSO FOI A ASSIMILAÇÃO."

– OPPENHEIMER

CLAVIS AUREA
OS REGISTROS DE FEYNMAN

VOL. 3

15

OPPENHEIMERS FINITOS

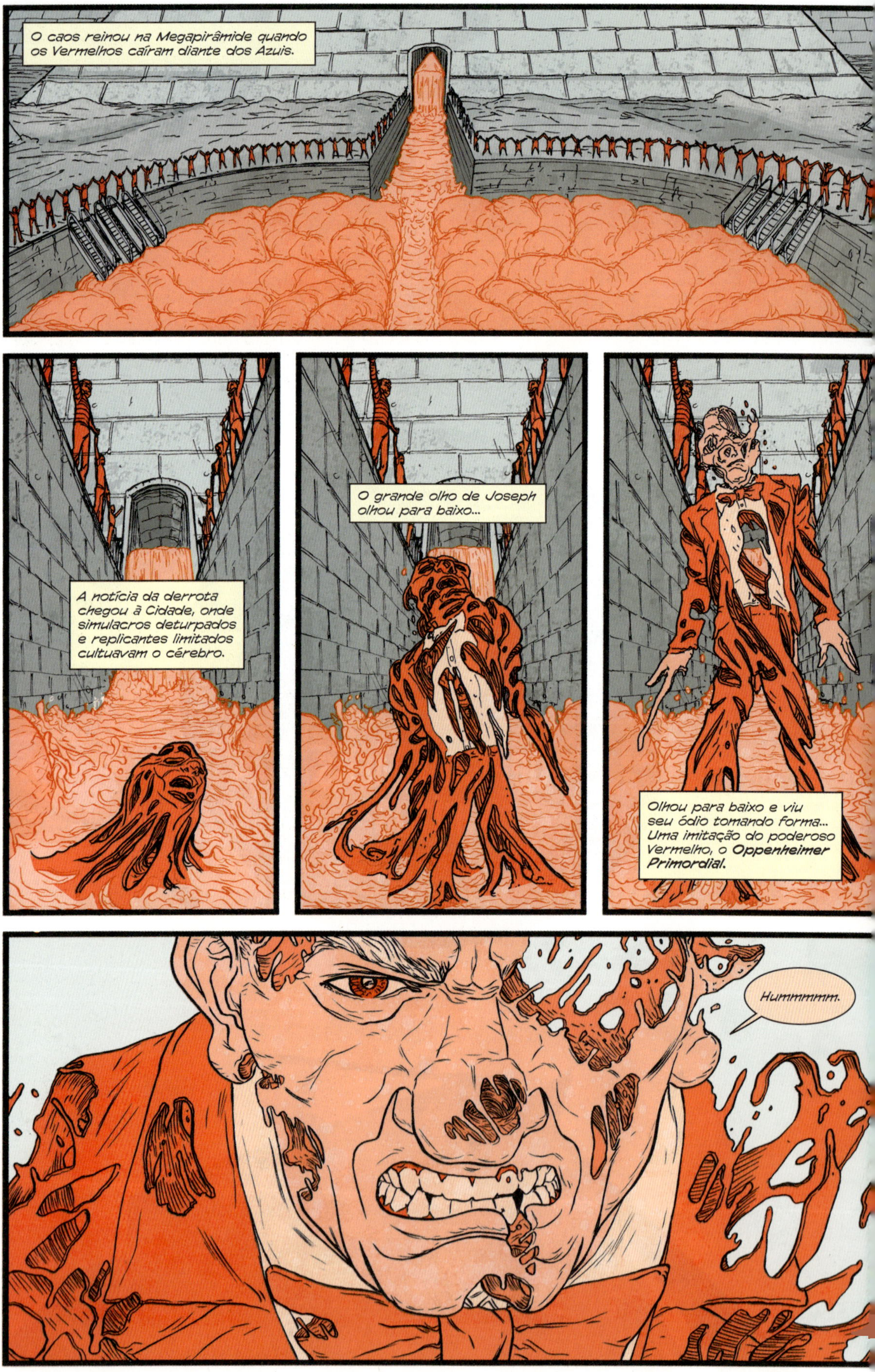
O caos reinou na Megapirâmide quando os Vermelhos caíram diante dos Azuis.
A notícia da derrota chegou à Cidade, onde simulacros deturpados e replicantes limitados cultuavam o cérebro.
O grande olho de Joseph olhou para baixo...
Olhou para baixo e viu seu ódio tomando forma... Uma imitação do poderoso Vermelho, o **Oppenheimer Primordial.**
Hummmmm.

Antes da guerra começar, quando ele tirou seus olhos... Robert refez os Azuis à sua imagem.
Os antigos simulacros eram produtos do espaço presente, incapazes de manipular seu próprio ambiente com suas mentes.
Então, Robert os ensinou...
...Sobre Matemática, máquinas e as maravilhas da Ciência...
11.7820.
9.24.
Foi assim que eles prepararam, e venceram, a primeira batalha da Guerra Civil de Oppenheimer.
3.14159!
A adaptação viria mais tarde.

O avatar de Joseph reagiu logo após a concepção, pois ele nasceu completo e ávido por produzir o que foi criado para conceber.
Os Vermelhos revidaram com Imaginautas gerindo Grandes Ideias...
Reprodemônios caídos, tipos heroicos derivados...
E todos os pavorosos construtos que poderiam brotar de uma mente artificial.
Hummmm.
Os Vermelhos abateram os Azuis e reivindicaram a vitória no segundo não-dia.

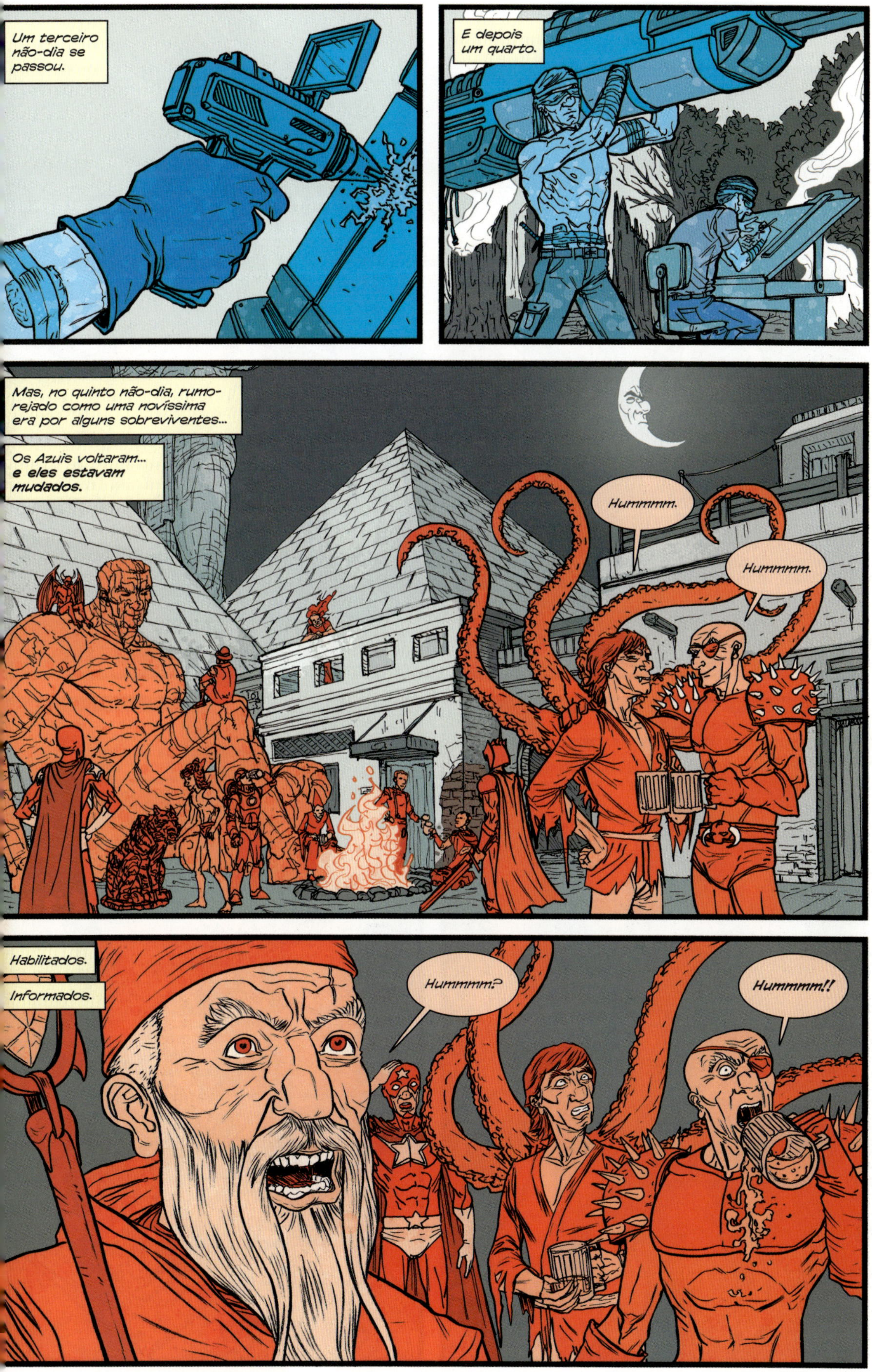
Um terceiro
não-dia se
passou.
E depois
um quarto.
Mas, no quinto não-dia, rumo-
rejado como uma novíssima
era por alguns sobreviventes...
Os Azuis voltaram...
**e eles estavam
mudados.**
Hummmm.
Hummmm.
Habilitados.
Informados.
Hummmm?
Hummmm!!

Robert sabia que não podia sonhar melhor que o irmão. Aqui era a não-realidade de Joseph, construída com suas não-regras...
Então, Robert se adaptou... **Ele improvisou.**
E quando os Azuis se retiraram do campo de batalha, foi para erguer **escolas**.

Matemática simples virou Geometria, Álgebra e Cálculo.
Tudo isso virou Física e Engenharia... Máquinas toscas evoluíram para complexos engenhos bélicos...
Digam a eles o que pensamos de *sonhadores*, senhores.
Digam o que pensamos de homens que vivem com *a cabeça nas nuvens.*
E os **selvagens** foram conquistados pelos **sábios.**
X=4X / 7 x 42!
Y=24X + 6X!
A Ciência, pelo visto, havia ganhado a guerra...
Oh, não.
Mas não foi suficiente.

Robert se esquecera da índole do irmão.
O presente lugar não era o mundo real, onde Joseph ainda amava...
Ele ainda cobiçava...
E ele ainda devorava.

Inovação adquirida muitas vezes é superada pela informação assimilada.
Hummm.
Elimine-os com os *disruptores de antimatéria*, seu hidrocéfalo pervertido espacial.
<Não é assim que eles se chamam, seu miolo podre, Dagfai de Hunnd.>

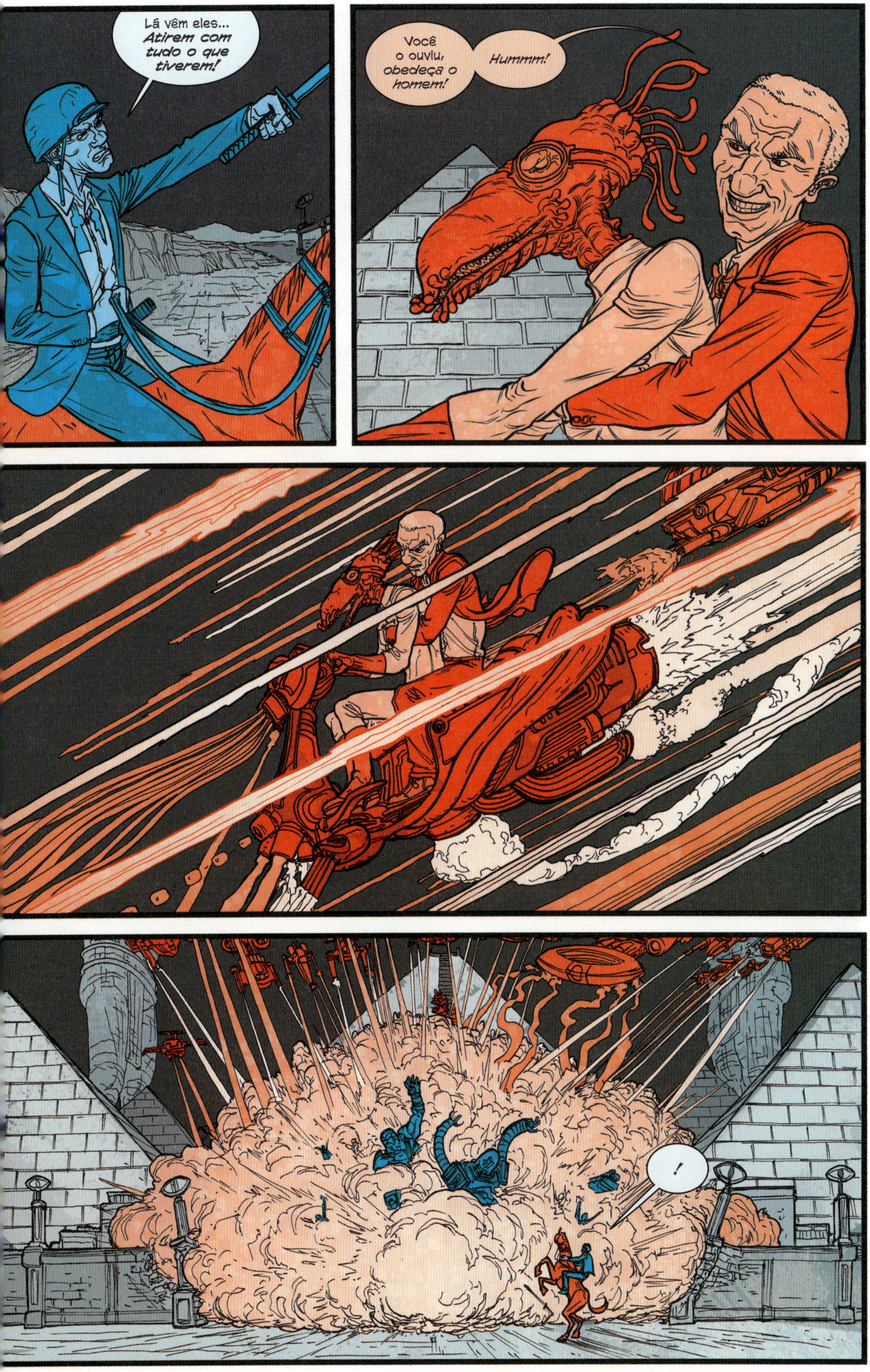

Lá vêm eles... *Atirem com tudo o que tiverem!*
Você o ouviu, obedeça o *homem!*
Hummm!
!

ARRGH!
Enquanto seu irmão--avatar o perseguia, Robert se perguntou...
Onde tudo deu errado? Como ele se equivocou tanto?

Será que tudo o que ele tinha feito para derrotar o Grande Olho foi pura tolice?
Se cada vez que ele se adaptava, se cada vez que evoluía, as regras mudavam, como ele poderia esperar vencer?
A resposta era óbvia...
Neste lugar, seria impossível.
Robert se rendeu... e a Guerra Civil de Oppenheimer parecia chegar ao fim.

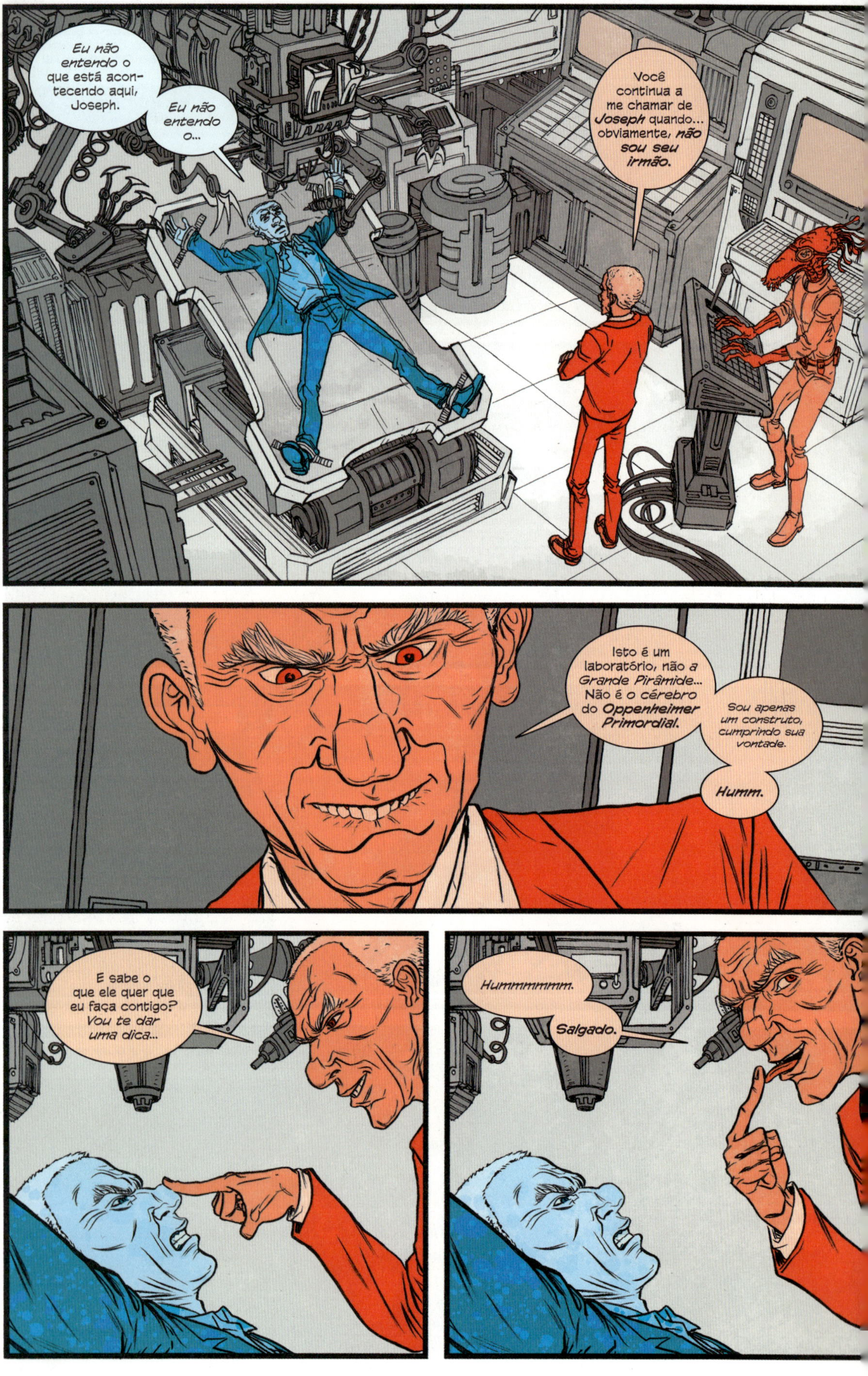
Eu não entendo o que está acontecendo aqui, Joseph.
Eu não entendo o...
Você continua a me chamar de Joseph quando... obviamente, não sou seu irmão.
Isto é um laboratório, não a Grande Pirâmide... Não é o cérebro do Oppenheimer Primordial.
Sou apenas um construto, cumprindo sua vontade.
Humm.
E sabe o que ele quer que eu faça contigo? Vou te dar uma dica...
Hummmmmm.
Salgado.

Acho que começarei pelos seus *pés*... e continuarei comendo até a cabeça.
O quê? Isso não faz *nenhum sentido*. Você... ou melhor, o *outro você*, já me comeu no mundo real. *Me devorar depois de me devorar não é autogratificação?*
Eu não ligo para quem você é, e me recuso a virar seu objeto de luxúria...
Ouviu bem? ***Está! Me! Entendendo?!***
Parece que o semideus defeituoso já se retirou do templo.
Eu convenci aquele *monstro insano* a nos conceder alguns minutos a sós...
Pedi isso porque você é o único elemento neste lugar capaz de manipular o ambiente como ele.
Espero conseguir usar engenharia reversa para descobrir como você faz isso e, então, *eu serei* o rei.

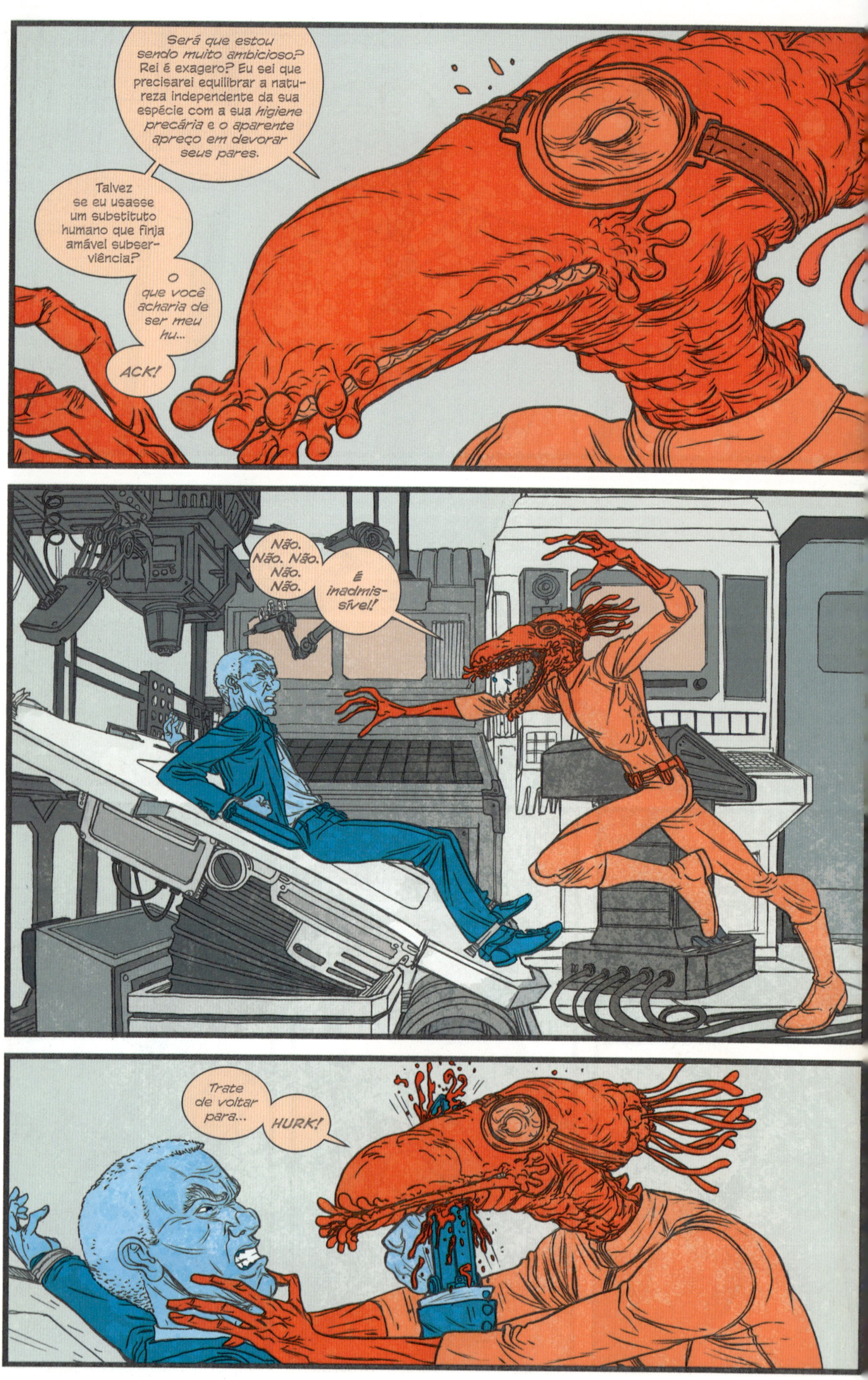
Será que estou sendo muito ambicioso? Rei é exagero? Eu sei que precisarei equilibrar a natureza independente da sua espécie com a sua higiene precária e o aparente apreço em devorar seus pares.
Talvez se eu usasse um substituto humano que finja amável subserviência?
O que você acharia de ser meu hu...
ACK!
Não. Não. Não. Não. Não.
É inadmissível!
Trate de voltar para...
HURK!

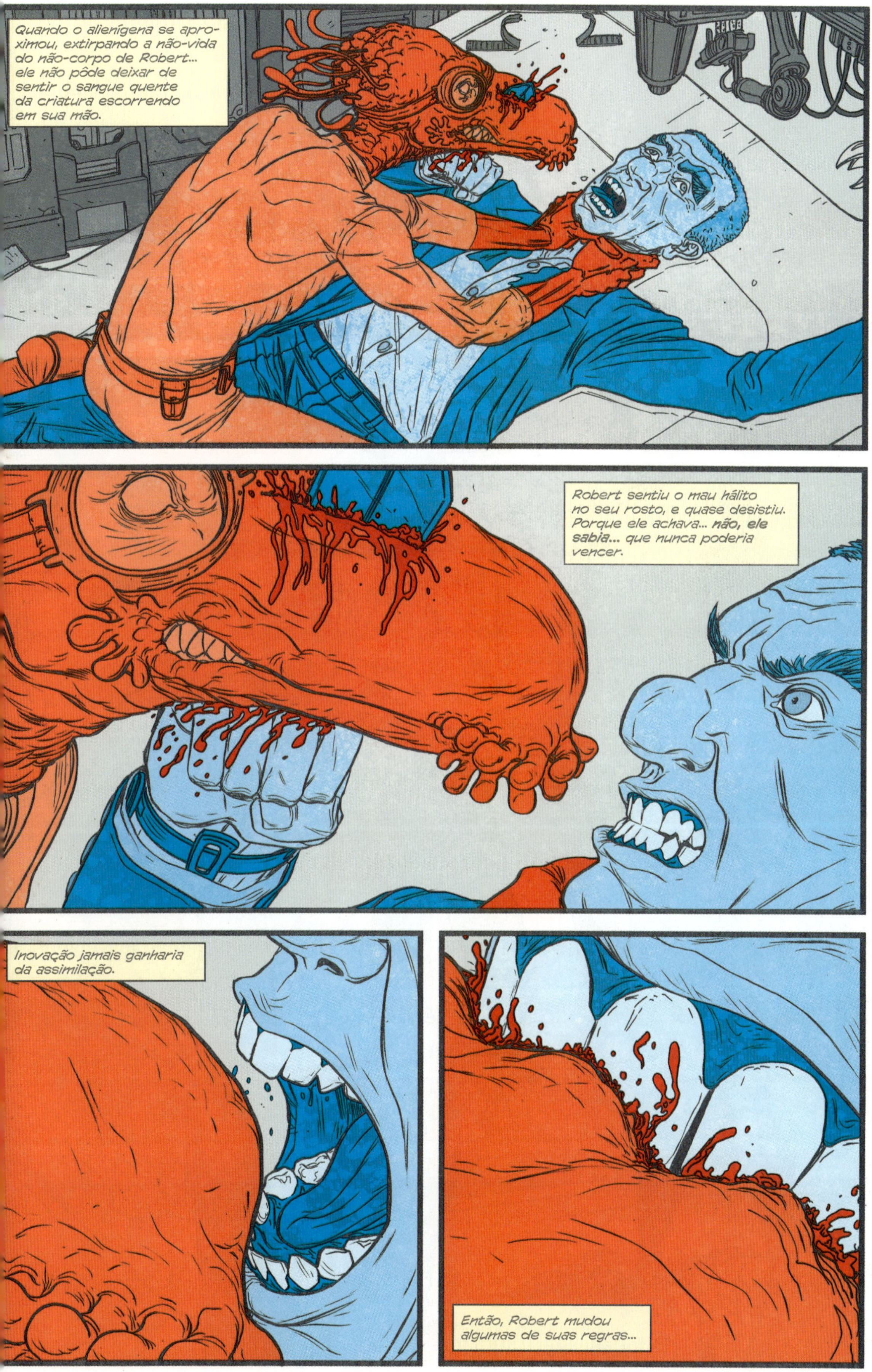
Quando o alienígena se aproximou, extirpando a não-vida do não-corpo de Robert... ele não pôde deixar de sentir o sangue quente da criatura escorrendo em sua mão.
Robert sentiu o mau hálito no seu rosto, e quase desistiu. Porque ele achava... **não, ele sabia...** que nunca poderia vencer.
Inovação jamais ganharia da assimilação.
Então, Robert mudou algumas de suas regras...

Nhom.
Nhom.
Nhom.
NHOM.

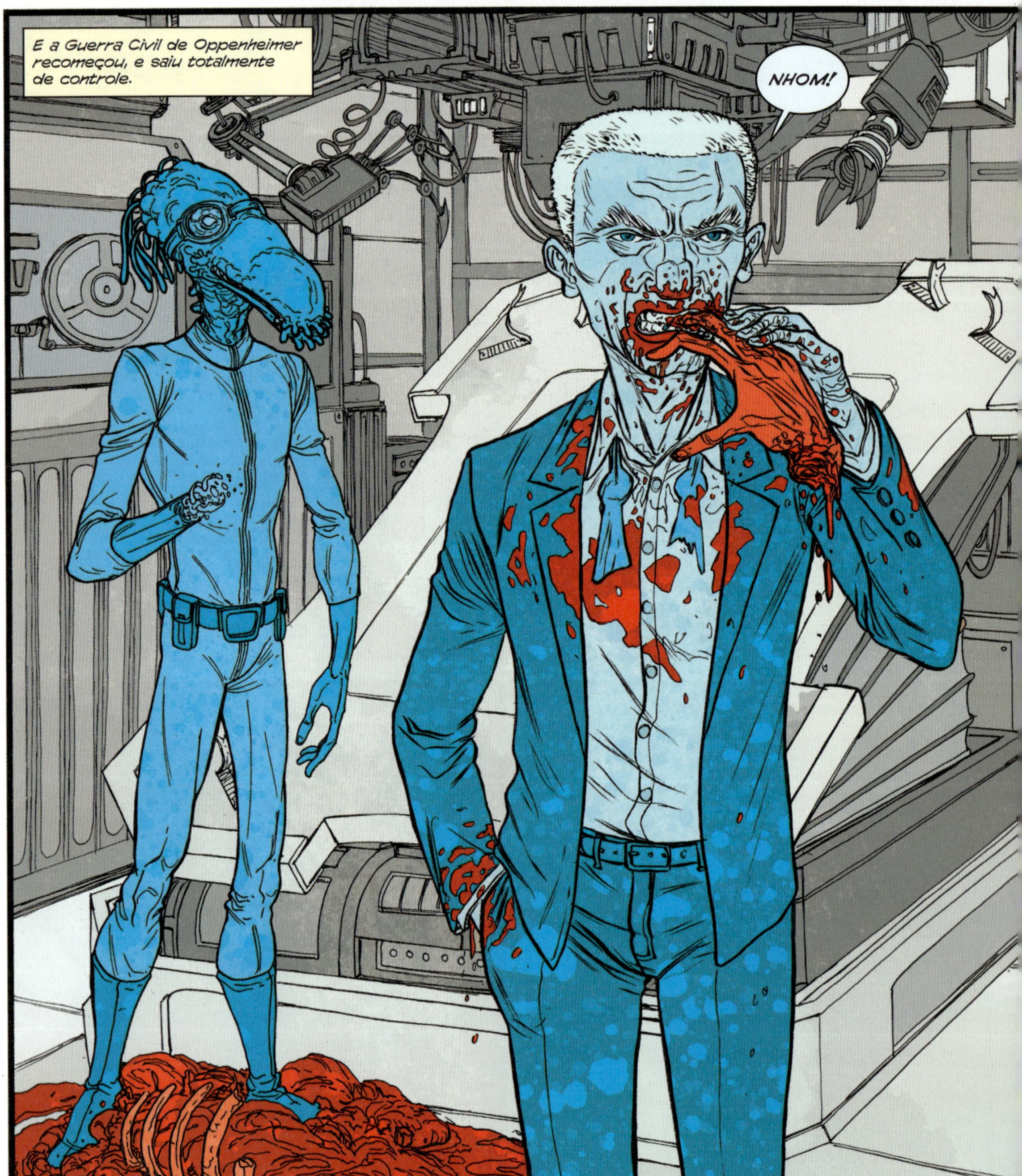
E a Guerra Civil de Oppenheimer recomeçou, e saiu totalmente de controle.
NHOM!

"NÓS OLHAMOS PARA CIMA E, LÁ DA MEGAPIRÂMIDE, ELE OLHOU PARA BAIXO. O GRANDE OLHO FOI OFENSIVO, POR ISSO NÓS OS COMEMOS.

E DE NOVO, E DE NOVO, E DE NOVO."

– OPPENHEIMER

CLAVIS AUREA
OS REGISTROS DE FEYNMAN

VOL. 3

O ELENCO

JOSEPH OPPENHEIMER

Supergênio.
Americano. Físico.
Múltiplas personalidades.

ALBRECHT EINSTEIN

Altamente inteligente.
Alemão. Físico.
Beberrão.

RICHARD FEYNMAN

Supergênio.
Americano. Físico.
Atalhador.

ENRICO FERMI

Supergênio.
Italiano. Físico.
Inumano.

HARRY DAGHLIAN

Supergênio.
Americano. Físico.
Irradiado.

WERNHER VON BRAUN

Supergênio.
Alemão. Cientista espacial.
Braço robótico.

LESLIE GROVES

Não é gênio.
Americano. General.
Charutos. Bombas.

F.D.R.: I. A.

Supergênio computacional.
Americano. Presidente.
Morto.

JOHN F. KENNEDY

Não é gênio.
Americano. Presidente.
Pegador.

O ELENCO

YURI GAGARIN

Não é gênio.
Russo. Cosmonauta.
Herói.

LAIKA

Mais inteligente
do que se imaginava.
Russa. Cadela Espacial.
Falante.

HELMUT GRÖTTRUP

Supergênio.
Alemão. Cientista Espacial.
Escravo.

DMITRIY USTINOV

Não é gênio.
Russo. Ministro.
Mestre.

A

Jonathan Hickman é o talento visionário responsável por trabalhos como **NIGHTLY NEWS** – obra indicada ao Prêmio Eisner – **TRANSHUMAN** e **PAX ROMANA**. Ele também exerce seu ofício na MARVEL, trabalhando em séries como **QUARTETO FANTÁSTICO** e **OS VINGADORES**.

O seu irmão gêmeo, Marc, é vendedor regional da Oscar Mayer, uma empresa produtora de frios e embutidos diversos.

Jonathan mora na Carolina do Sul, perto de uma reserva natural localizada nas planícies.

Você pode visitar o site dele: ***www.pronea.com***, ou mandar um e-mail para: ***jonathan@pronea.com.***

•

Nick Pitarra é um texano nato e um sujeito boa-praça. Quando estava no último ano do colegial, ele foi jubilado do curso de Inglês e, posteriormente, se apaixonou por histórias em quadrinhos enquanto fazia rabiscos com um colega em sua nova classe.

Às vezes, vale a pena não fazer sua lição de casa.